Diogenes Taschenbuch 190/1

Lord Dunsany

Smetters erzählt Mordgeschichten

Fünf Kriminalgrotesken
Aus dem Englischen von
Elisabeth Schnack
Zeichnungen von
Paul Flora

Diogenes

Die vorliegenden Geschichten
wurden der englischen Originalausgabe
›The Little Tales of Smethers‹
(Jarrolds Ltd, London 1952)
entnommen.
Die deutsche Erstausgabe erschien 1958
unter demselben Titel im Diogenes Verlag, dann erschienen
die Erzählungen zusammen mit den ›Jorkens‹-Geschichten 1965
unter dem Titel ›Jorkens borgt sich einen Whisky‹
und 1972 unter dem Titel der
vorliegenden Ausgabe.

Veröffentlicht als Diogenes Taschenbuch, 1979

150/79/8/1
ISBN 3 257 20597 X

INHALT

ZWEI FLASCHEN WÜRZE

Mein Name ist Smetters. Ich bin, was man einen kleinen Mann zu nennen pflegt, und auch meine Geschäfte betreibe ich nur im kleinen. Ich reise für *Numnumo*, eine Würze für Fleisch und Vorspeisen: die weltberühmte Würze, kann man wohl sagen. Sie ist wirklich ganz gut, denn sie enthält keine schädlichen Säuren und greift auch nicht das Herz an; sie ist also sehr einfach anzupreisen. Wenn es nicht so wäre, hätte ich den Posten nicht erhalten. Doch hoffe ich, eines Tages etwas zu bekommen, das schwieriger anzupreisen ist, denn je schwieriger die Artikel anzupreisen sind, desto mehr Gehalt bekommt man. Augenblicklich komme ich gerade eben aus und kann mir nichts auf die Seite legen, aber ich lebe auch in einer sehr teuren Wohnung. Es kam ganz zufällig dazu, und das bringt mich auf meine Geschichte. Und es ist keine Geschichte, die man von einem kleinen Manne wie mir erwarten würde. Aber wer sollte sie denn sonst erzählen? Alle, die außer mir etwas darüber wissen, wollen die Sache vertuschen.

Ich suchte mir also ein Zimmer, in dem ich wohnen wollte, als ich meinen Posten in London erhielt.

Es mußte in London sein, denn ich brauchte etwas, das zentral gelegen war, und ich ging zu einem Häuserblock, sehr düster sah er aus, und fand den Mann, der die Wohnungen verwaltete, und fragte ihn nach dem, was ich brauchte: sie nannten es dort ›Apartment‹ – bloß ein Schlafzimmer und eine Kabuse. Er führte gerade einen Mann herum, der ein Herr war, ein richtiger Gentleman, daher beachtete er mich weiter nicht, ich meine, der Mann, der die Apartments verwaltete. Ich ging also einfach ein Weilchen hinter ihnen her und sah alle Sorten von Zimmern und wartete, bis er mir die Sorte zeigen würde, die ich brauchte. Wir kamen zu einem sehr hübschen Apartment, einem Wohnzimmer mit Schlafzimmer und Badezimmer und noch einem kleinen Raum, den er Halle nannte. Und auf diese Art lernte ich Linley kennen. Er war nämlich der Herr, der herumgeführt wurde.

»Bißchen teuer«, sagte er.

Und der Mann, der die Apartments verwaltete, trat ans Fenster und stocherte sich in den Zähnen. Es ist komisch, wieviel sich durch eine so einfache Geste ausdrücken läßt. Was er damit sagen wollte, war: daß er Hunderte von diesen Apartments hatte, die von Tausenden von Leuten gesucht würden, und ihm sei's vollkommen egal, wer sie nähme oder ob man weiter suche. Irgendwie stand das ganz einwandfrei fest. Und doch sagte er kein Wörtchen, sondern blickte nur aus dem Fenster und stocherte sich in den Zähnen. Und daraufhin wagte ich es, Mr. Linley anzureden, und ich sagte:

»Wie wär's, Sir, wenn ich die Hälfte zahlte, und wir mieten es gemeinsam? Ich wäre Ihnen nicht im Wege, denn ich bin den ganzen Tag nicht zu Hause, und ich bin mit allem einverstanden, was Sie sagen, und ich wäre Ihnen wirklich nicht mehr im Wege als eine Katze.«

Vielleicht wundert ihr euch, daß ich so was gemacht habe. Und vielleicht wundert ihr euch noch viel mehr darüber, daß er's angenommen hat – wenigstens würdet ihr's tun, wenn ihr mich kenntet, bloß einen kleinen Mann, der seine Geschäfte nur im kleinen betreibt. Und doch konnte ich sofort sehen, daß er mehr für mich als für den Mann am Fenster übrig hatte.

»Aber es ist nur ein Schlafzimmer da«, sagte er.

»Ich könnte mein Lager leicht in dem kleinen Raum hier aufschlagen«, sagte ich.

»In der Halle!« sagte der Mann am Fenster, ohne den Zahnstocher aus dem Mund zu nehmen.

»Und tagsüber könnt' ich das Bett aus dem Weg räumen und in der Kabuse unterbringen«, sagte ich.

Er sah nachdenklich aus, und der Mann am Fenster sah sich London an, ohne den Zahnstocher aus dem Mund zu nehmen. Und stellt euch bloß mal vor, er war schließlich einverstanden!

»Ein Freund von Ihnen?« fragte der Mann am Fenster.

»Ja«, sagte Mr. Linley.

Das war nun wirklich sehr nett von ihm.

Jetzt will ich euch mal erzählen, warum ich's tat. Ob ich's mir leisten konnte? Natürlich nicht. Aber ich hatte gehört, wie er dem Mann erzählt hatte, er sei gerade von Oxford gekommen, von der Universität, und wolle nun erst mal ein paar Monate in London bleiben. Es schien, daß er einfach eine Weile behaglich leben und nichts tun wollte, während er sich etwas umsah und sich einen Posten suchte, oder wahrscheinlich so lange, wie er sich's leisten konnte. Und da sagte ich mir nun: was ist Oxford-Bildung im Geschäftsleben wert – vor allem bei einem Posten wie meinem? Einfach und schlechthin alles! Wenn ich dem Mr. Linley auch nur ein Viertel von seiner Oxford-Bildung absehen könnte, dann könnte ich meine Verkäufe verdoppeln, und das würde bedeuten, daß ich bald einen Artikel bekäme, der viel schwieriger als Numnumo anzupreisen ist und mir vielleicht das Dreifache einbringt. Wirklich, es lohnt sich mächtig! Und ein Viertel von solcher Bildung kann man, wenn man hübsch behutsam damit umgeht, noch gewaltig strecken, ums Doppelte mindestens. Ich meine, man braucht nicht gleich das ganze *Inferno* vorzudeklamieren, wenn man zeigen will, daß man Milton gelesen hat – man braucht nur eine Zeile zu zitieren.

Ja, und nun die Geschichte, die ich euch erzählen will. Ihr glaubt mir sicher nicht, daß ein kleiner Mann wie ich euch das kalte Grauen einjagen kann. Als wir uns nämlich in unserm feinen Apartment eingerichtet hatten, da vergaß ich bald meinen Plan mit der Oxford-Bildung. Ich vergaß ihn vor lauter purem Staunen über den Mann selber. Er hatte einen Verstand, so wendig wie ein Athleten-Körper, wie ein Vogel-Körper! Er brauchte keine Bildung mehr. Man dachte bei ihm gar nicht mehr dran, ob er Bildung hatte oder nicht. Die Ideen sprangen nur so hoch in ihm – Einfälle, an die man selber nie gedacht hätte. Und nicht bloß das, sondern, wenn irgendwo Ideen in der Luft hingen, dann fing er sie auf. Unzählige Male hab ich gemerkt, daß er wußte, was ich gerade sagen wollte! Kein Gedankenlesen, sondern was man so ›Intuition‹ nennt. Ich hab mir immer ein bißchen Schach beibringen wollen, bloß, um abends, wenn ich alles hinter mir hatte, nicht mehr an Numnumo zu denken. Doch richtige Schachprobleme konnt ich nie lösen. Aber er – kam einfach an und betrachtet mein Problem und sagt:

»Wahrscheinlich wollen Sie jetzt die Figur ziehen?«

Und ich sagte: »Aber wohin?«

Und er sagte: »Oh, auf eins von den drei Feldern.«

Und ich sagte: »Aber auf allen dreien verlier ich sie.« Es ging nämlich immer um die Königin. Und dann sagte er:

»Ja, wahrscheinlich sollen Sie sie verlieren.«

Und was glaubt ihr wohl? Er hatte recht!

Versteht ihr? Er hatte sich ausgedacht, was der Partner gedacht hatte. So hatte er's gemacht.

Ja, und da passierte nun eines Tages der gräßliche Mord, der Mord in Unge – ich weiß nicht, ob ihr euch noch dran erinnert. Der Steeger hatte sich ein Landhäuschen gemietet, bei Otherthorpe war's, und wollte dort mit einem jungen Mädchen wohnen. Das war das erste Mal, daß wir von ihm hörten.

Das Mädchen hatte Geld, zweihundert Pfund Sterling, und das ganze Geld bekam er – und sie verschwand vollkommen von der Bildfläche. Und Scotland Yard konnte sie nicht finden.

Nun hatte ich zufällig gelesen, daß Steeger sich zwei Flaschen Numnumo gekauft hatte; denn die Polizei in Otherthorpe hatte nämlich alles über ihn herausbekommen, bloß nicht, was er mit dem Mädchen gemacht hatte, und da wurde ich natürlich aufmerksam, sonst hätte ich vielleicht nie mehr über den Fall nachgedacht oder auch nur ein Wort zu Linley erwähnt. Numnumo lag mir eben dauernd im Kopf, da ich jeden Tag damit zubrachte, es anzupreisen, und so konnte ich auch den Mord nicht vergessen. Und deshalb sagte ich eines Tages zu Linley:

»Wo Sie doch so gescheit sind und jedes Schachproblem im Nu lösen können, wundert's mich sehr, daß Sie sich nicht an dem Geheimnis von Otherthorpe versuchen wollen. Schließlich ist es auch eine Art Schachproblem!«

»Zehn Mordfälle zusammengenommen sind nicht so schwer zu lösen wie ein Schachproblem«, sagte er.

»Aber nicht mal Scotland Yard kann's lösen«, sagte ich.

»Tatsächlich?« sagte er.

»'s hat sie rein vor den Kopf geschlagen«, sagte ich.

»Soweit hätt's nicht kommen dürfen«, sagte er. »Erzählen Sie mir die Tatsachen!«

Wir saßen beide beim Abendbrot, und ich erzählte ihm die Tatsachen, genau, wie ich sie in den Zeitungen gelesen hatte. Sie war eine hübsche Blondine, sie war klein, sie hieß Nancy Elth, sie besaß zweihundert Pfund, sie wohnten fünf Tage in dem Landhäuschen. Danach blieb er noch zwei Wochen länger, aber von ihr hat kein Mensch mehr was gesehen. Steeger sagte, sie sei nach Südamerika gereist, aber später sagte er, er hätte niemals Südamerika gesagt, sondern Südafrika. Von ihrem Geld war nichts mehr auf der Bank, wo sie es aufbewahrt hatte, und Steeger konnte nachgewiesen werden, daß er genau um die Zeit mindestens hundertfünfzig Pfund bekommen hatte. Dann kam's raus, daß Steeger Vegetarier war und all seine Lebensmittel vom Gemüsemann bekam, und das machte den Wachtmeister im Dörfchen Unge stutzig, denn er hatte noch nie von einem Vegetarier gehört. Von da an beobachtete er den Steeger, und das war auch gut so, denn später konnte er alle Fragen beantworten, die Scotland Yard von ihm wissen wollte – ausgenommen natürlich die eine. Und er hatte auch die Polizei in Otherthorpe benachrichtigt, das etwa fünf, sechs Meilen entfernt liegt, und sie kamen und kümmerten sich auch drum. Und sie konnten feststellen, daß Steeger nie sein Häuschen und den schmucken Garten verlassen hatte, seit sie verschwunden war. Je mehr sie ihn nämlich beobachteten, um so mißtrauischer wurden sie, was ja ganz natürlich ist, wenn man jemand beobachtet. Und sehr bald beobachteten sie also jede Bewegung, die er machte, aber wenn's nicht wegen der Tatsache gewesen wäre, daß er Vegetarier ist, dann wären sie nie mißtrauisch geworden, und dann hätte es sogar für Linley nicht genug Tatsachen gegeben. Zwar fanden sie nicht viel heraus, was gegen ihn sprach, ausgenommen, daß er die hundertfünfzig Pfund von irgendwoher bekam. Und das fand Scotland Yard heraus, nicht die Polizei von Otherthorpe. Und was der Wachtmeister von Unge herausfand, das war die Sache mit den Lärchen, und da war Scotland Yard wie vor den Kopf geschlagen, und Linley auch, bis zur letzten Minute, und ich natürlich auch. In dem Gärtchen standen nämlich zehn Lärchen, und er hatte mit dem Besitzer vereinbart, daß er mit den Lärchen machen könnte, was er wollte. Und dann, ungefähr von dem Tage an, als die kleine Nancy Elth gestorben sein muß, hackte er jeden Baum um. Dreimal täglich machte er sich an die Arbeit, fast eine Woche lang, und als er sie alle umgehackt hatte, da zerhackte er sie alle in Kloben, die etwa einen halben Meter lang waren, und schichtete sie schön ordentlich auf Haufen. Solche ordentliche Arbeit habt ihr noch nie gesehen! Und warum? Um eine Entschuldigung für die Axt zu haben, war die eine Theorie. Aber die Entschuldigung war größer als die Axt: er brauchte dafür vierzehn Tage, und jeder Tag war schwere Arbeit. Und so ein kleines Ding wie die Nancy Elth, die hätte er auch ohne Axt totschlagen können und sie auch ohne Axt in Stücke hacken können. Eine andere Theorie hieß, er wollte Feuerholz haben, damit er die Leiche verbrennen könnte. Aber er benutzte das Holz gar nicht. Rührte es nicht mehr an, sondern ließ alles schön aufgeschichtet draußen

stehen. Da war wohl jeder wie vor den Kopf geschlagen!

Und das waren die Tatsachen, die ich Linley erzählte. Ach so, ja, er hatte sich auch noch ein großes Metzgermesser gekauft. Komisch, das machen sie alle. Und doch ist es eigentlich nicht so komisch: wenn man eine Frau zersäbeln muß, dann muß man sie eben zersäbeln, und ohne ein Messer kann man das nicht. Dann gab's auch noch ein paar Sachen, die er *nicht* gemacht hatte. Er hatte sie nicht verbrannt. Hatte nur hin und wieder im Herd Feuer gemacht, um sich was zu kochen. Das haben sie ganz gescheit herausgefunden, der Wachtmeister von Unge nämlich und auch die Männer aus Otherthorpe, die ihm halfen. Ringsherum wachsen kleine Wäldchen, ›Holm‹ heißen sie bei den Bauern dortzulande, und die Polizisten kletterten auf die Bäume und konnten fast aus jeder Richtung den Rauch riechen. Sie machten es hin und wieder, aber nie roch es nach verbranntem Fleisch, immer bloß nach gewöhnlicher Kocherei. Das war natürlich sehr gescheit von der Otherthorper Polizei, obwohl es ihnen nicht half, den Steeger an den Galgen zu bringen. Später kamen dann die Leute von Scotland Yard und fanden noch etwas heraus, auch wieder Sachen, die er *nicht* gemacht hatte. Nämlich, daß der Kalkboden unter dem Häuschen und in dem kleinen Garten nicht umgegraben worden war. Und nie war Steeger außerhalb gewesen, seit Nancy verschwunden war. Ach ja, und außer dem Messer hatte er noch eine große Feile. Aber sie fanden keine Spuren von zersägten Knochen an der Feile, auch kein Blut am Messer. Hatte er natürlich abgewaschen. All die Tatsachen hab ich Linley erzählt.

Jetzt sollte ich euch warnen, ehe ich weitererzähle, denn ich bin bloß ein kleiner Mann, und ihr seid nicht auf was Gräßliches von mir gefaßt. Aber ich muß euch warnen: der Mann war tatsächlich ein Mörder, oder jedenfalls war jemand ein Mörder, denn das Mädchen war umgebracht worden, eine nette Kleine war's gewesen, und der Mann, der das getan hatte, schreckte wahrscheinlich auch vor solchen Dingen nicht zurück, wo ihr's erwartet hättet. Wer so was gemacht hat und sieht die ganze Zeit wie einen langen dünnen Schatten den Strick vom Galgen baumeln, der ihn vorantreibt, so einer schreckt vor nichts zurück. Mordgeschichten lesen sich ja manchmal ganz schön, wenn eine Dame am Kaminfeuer sitzt, aber ein Mord ist nichts Schönes, und wenn ein Mörder verzweifelt ist und jede Spur verwischen will, dann schreckt er vor nichts zurück. Ich bitte euch bloß, daß ihr euch vor Augen haltet . . . daß ich euch nämlich gewarnt habe.

Ich sagte also zu Linley: »Was halten Sie davon?«

»Der Abfluß?« sagte Linley.

»Nein«, sagte ich, »leider nicht. Da hat schon Scotland Yard dran gedacht. Und vor ihnen die Leute aus Otherthorpe. Sie haben den Abfluß untersucht, so wie er ist, ein kleines Ding, das gleich hinterm Garten in die Senkgrube mündet, und da ist nichts runtergeflossen, ich meine, nichts Verbotenes.«

Er hatte noch ein oder zwei andere Ideen, aber da war ihm Scotland Yard auch schon zuvorgekommen. Das ist nämlich der Witz an der Geschichte. Man hofft von einem Mann, der sich als Detektiv bestätigen soll, daß er sein Vergrößerungsglas nimmt und an den Tatort fährt. Als erster vor allen andern an den Tatort fährt. Und daß er dann die Fußspuren mißt und nach Anhaltspunkten sucht und das Messer findet, das die Polizei übersehen hat. Aber Linley ist nie hingefahren, und Scotland Yard war jedesmal vor ihm da.

Sie hatten sogar mehr Anhaltspunkte gefunden, als ihnen lieb war. Jeder Anhaltspunkt wies darauf hin, daß er das Mädchen ermordet hatte, jeder Anhaltspunkt wies darauf hin, daß er die Leiche auf die Seite geschafft hatte, und doch war die Leiche nicht zu finden. Sie war nicht in Südamerika, und wahrscheinlich war sie auch nicht in Südafrika. Und die ganze Zeit lag der Riesenhaufen kleingehacktes Lärchenholz da, der allen in die Augen sprang und zu nichts führte. Nein, wir wollten gar nicht noch mehr Anhaltspunkte, und Linley fuhr nie hin. Wir mußten die Anhaltspunkte deuten, die wir schon hatten. Ich war vollkommen verdutzt; Scotland Yard ebenfalls. Und auch Linley kam nicht voran, und die ganze Zeit plagte mich das Rätsel. Ich meine, wenn es nicht wegen der Kleinigkeit gewesen wäre, an die ich immer wieder erinnert wurde, und wenn es nicht wegen der zufälligen Bemerkung zu Linley gewesen wäre, dann wäre das Rätsel genau wie alle andern Rätsel, die von den Menschen nicht gelöst werden, ins Aschgraue der Menschheitsgeschichte versunken.

Linley interessierte sich zuerst nicht sehr dafür, aber ich war so überzeugt, daß er's lösen könnte, und deshalb erinnerte ich ihn dauernd dran. »Sie können Schachprobleme lösen«, sagte ich zu ihm.

»Die sind zehnmal schwieriger«, sagte er immer noch.

»Warum lösen Sie dann das Rätsel hier nicht?« fragte ich.

»Fahren Sie für mich hin und werfen Sie mal einen Blick aufs Schachbrett!« sagte er.

Das war nämlich seine Art, sich auszudrücken. Wir wohnten seit etwa vierzehn Tagen zusammen, und ich hatte mich daran gewöhnt. Er meinte, ich sollte zu dem Landhäuschen in Unge fahren. Jetzt werdet ihr wohl denken, weshalb ist er denn nicht selbst hingefahren, aber es ist eben so: wenn er selbst da auf dem Land herumgewandelt wäre, dann hätte er nicht nachdenken können, wenn er aber in unserm Apartment in seinem Sessel vor dem Feuer saß, dann konnte er ganz andre Strecken zurücklegen, wenn ihr versteht, was ich meine. Ich fuhr also am nächsten Tag hin und stieg am Bahnhof in Unge aus. Und dahinter fingen schon die Berge an.

»Da oben ist es, was?« sagte ich zum Gepäckträger.

»Stimmt«, sagte er. »Da oben den Feldweg hoch. Und vergessen Sie nicht, bei der alten Eibe müssen Sie rechts abbiegen, eine sehr große Eibe ist es, Sie können sie gar nicht übersehen, und dann . . . «, und so beschrieb er mir den Weg genau, und ich konnte mich nicht verlaufen. Alle waren sie so: sehr gefällig und hilfsbereit. Denn das war jetzt Unges großer

Tag: inzwischen hatte jeder Mensch von Unge gehört. Man konnte jetzt jederzeit Briefe hinschicken, ohne den Postbezirk und die Grafschaft dazuzuschreiben. Und dementsprechend mußte sich Unge ja nun benehmen. Wenn ihr Unge jetzt ... na, einerlei, jedenfalls brachten sie ihr Schäfchen ins trockene.

Und da war nun die Anhöhe, hübsch der Sonne entgegen, hübsch in die Lüfte hinauf. Ihr wollt nichts von Frühlingsstimmung und Maienjubel hören, mit all den Farben und den vielen Vögeln: ich dachte bloß, was für ein schönes Fleckchen, wenn man hier mit seiner Liebsten wohnen will. Und dann dachte ich, daß er sie da ermordet hatte, und daß ich nur ein kleiner Mann bin, aber als ich mir so vorstellte, wie sie da gelebt hat, und die Vögel sangen um sie her, da sagte ich mir: ›Wär's nicht seltsam, wenn ich den Mann an den Galgen bringen würde – falls er sie ermordet hat?‹ Ich fand also bald den richtigen Weg zum Häuschen hinauf und begann herumzuschnüffeln und schaute über die Hecke in den Garten. Und ich entdeckte nicht viel, denn ich fand nicht viel, was nicht schon die Polizei entdeckt hatte, aber da waren die Riesenhaufen Lärchenholz und sprangen mir ins Gesicht und sahen sehr unheimlich aus.

Ich habe gewaltig nachgedacht und mich dabei auf die Hecke gelehnt und den Maiduft eingeatmet und zu den Lärchenkloben geschaut und zu dem schmukken kleinen Häuschen auf der andern Seite. Über eine Menge Theorien habe ich nachgedacht, bis mir der allerbeste Gedanke kam: wenn ich nämlich Linley mit seiner Oxford-Bildung das ganze Denken überlassen würde und ihm nur die Tatsachen brächte, wie er es mir gesagt hatte, dann würde ich auf meine Art mehr leisten, als wenn ich mich in zuviel Nachdenken versteigen würde. In Unge waren sie, wie ich schon sagte, mächtig hilfsbereit. Der Wachtmeister ließ mich eintreten, ich durfte bloß nichts anrühren, und auch den Garten durfte ich mir von nahem besehen. Und ich sah die Stümpfe von den zehn Lärchen, und mir fiel etwas auf, und Linley sagte, da sei ich sehr aufmerksam gewesen; zwar hat es nichts weiter genutzt, aber jedenfalls hatte ich mich bemüht: ich hatte gesehen, daß die Stümpfe einfach recht und schlecht abgehackt worden waren, und daraus schloß ich, daß der Mann nicht viel vom Bäumefällen verstanden hat. Der Wachtmeister sagte, das sei eine Schlußfolgerung. Da sagte ich, die Axt sei stumpf gewesen, die er benutzt hatte, und das machte den Wachtmeister nun doch nachdenklich, obwohl er nicht sagte, ich hätte diesmal recht gehabt.

Habe ich schon erzählt, daß Steeger nie ausging, nur in den kleinen Garten, um Holz zu hacken, nicht ein einziges Mal, seit Nancy verschwunden war? Es stimmte tatsächlich. Sie hatten ihn Tag und Nacht beobachtet, der Wachtmeister von Unge hat's mir selber erzählt. Aber es ärgerte mich, daß Linley es nicht herausgefunden hatte, sondern bloß die gewöhnlichen Polizisten, denn ich wußte, er hätt's auch gekonnt. Und sie hätten's ja sowieso nie bemerkt, wenn es sich nicht herumgesprochen hätte, daß der Mann ein Vegetarier war und nur beim Gemüsemann kaufte. Vielleicht war es überhaupt erst dadurch in Gang gekommen, daß der Metzger neidisch war. Es ist gruselig, was für kleine Nebensächlichkeiten einen Mann zu Fall bringen können. Aber ich sollte nicht von meiner Geschichte abschweifen – so gern ich's tun würde, so gern ich sie vergessen würde. Aber das kann ich nicht.

Ich sammelte also allerhand Neues, Anhaltspunkte sollte man es ja wohl nennen, obwohl keiner irgendwohin führte. Ich fand zum Beispiel alles raus, was er im Dorf gekauft hatte, sogar, was für 'ne Sorte Salz er kaufte, ganz gewöhnliches, ohne Phosphat, wie sie's manchmal reintun. Und bei den Fischhändlern hat er sich Eis gekauft, und wie ich schon sagte, viel Gemüse, vom Gemüsemann Mr. Mergins. Und über alles hab ich ein bißchen mit dem Wachtmeister gesprochen. Slugger hieß er. Ich fragte ihn, weshalb er nicht sofort alles durchsucht hätte, als das Mädchen fort war. »Oh, so was darf man nicht tun«, sagte er. »Wir hatten ja keinen Verdacht, wenigstens nicht wegen des Mädchens. Wir hatten bloß einen Verdacht, weil er Vegetarier war, daß da was nicht stimmen könnte. Er blieb noch gut vierzehn Tage, nachdem man sie zuletzt gesehen hatte. Und dann stießen wir zu. Aber es hatte sich eben keiner nach ihr erkundigt, nicht wahr, also lag auch kein Haftbefehl vor.«

»Und was fanden Sie«, fragte ich Slugger, »als Sie ins Haus eindrangen?«

»Bloß die große Feile«, sagte er, »und das Messer und die Axt, die er sich besorgt haben muß, um sie zu zerhacken.«

»Aber die Axt brauchte er doch, um die Bäume umzuhacken«, sagte ich.

»Hm, ja«, gab er unwillig zu.

»Und weshalb hat er sie umgehackt?« fragte ich.

»Ja, da haben wohl meine Vorgesetzten ihre eigenen Theorien, die sie nicht jedem erzählen!« sagte er. Mit den Holzkloben konnten sie eben nicht fertigwerden.

»Hat er sie denn überhaupt zerhackt?« fragte ich.

»Er hat ja gesagt, sie sei nach Südamerika gegangen«, antwortete er. Und das war wirklich eine gerechte Antwort.

Ich erinnere mich nicht mehr daran, ob er mir sonst noch viel erzählt hat. Außer, daß Steeger alle Teller und Schüsseln sehr sauber gespült zurückgelassen hat.

Ich brachte Linley also meine Neuigkeiten – hatte den Abendzug genommen, der gegen Sonnenuntergang abfuhr. Ich würde euch gern von dem Frühlingsabend erzählen, der so still über dem grausigen Häuschen hing, aber ihr wollt sicher lieber von der Mordgeschichte hören. Ich berichtete Linley also alles, wenn mir auch vieles als nicht der Rede wert vorkam. Das Dumme war nur: kaum wollte ich was auslassen, da merkte er es schon, und ich mußte es auch berichten. »Sie können nicht beurteilen, was wichtig ist«, sagte er. »Eine von einem Zimmermädchen weggefegte Reißzwecke kann genügen, um einen Mann an den Galgen zu bringen.«

Gut und schön, aber man muß auch bei der Stange bleiben, selbst wenn man alle Oxford-Bildung der Welt hat. Denn immer, wenn ich Numnumo erwähnte – was schließlich der Anfang von der ganzen Geschichte war, denn ohne mich hätte er nie davon gehört, und daß sich Steeger zwei Flaschen gekauft hatte –, dann sagte er jedesmal, solche Sachen wären nebensächlich, und ich sollte mich an die Hauptsache halten. Es war ja begreiflich, daß ich von Numnumo sprach, denn an dem Tag in Unge hatte ich beinahe fünfzig Flaschen verkauft. Ein Mord scheint den Appetit der Leute anzuregen, und Steegers zwei Flaschen gaben mir einen Anfang und eine gute Gelegenheit, die nur ein Dummkopf sich hätte entgehen lassen. Aber Linley interessierte sich natürlich nicht die Spur dafür.

Die Gedanken eines Menschen kann man nicht sehen, und in seinen Kopf kann man nicht hineinschauen, und daher können die allerinteressantesten Sachen von der Welt auch nie erzählt werden. Doch glaube ich, daß ich weiß, was an dem Abend in Linley vorging, während ich ihm vor dem Essen berichtete, und dann beim Essen, und auch noch, als er hinterher am Feuer saß und rauchte: seine Gedanken hatten sich nämlich vor einem Hindernis festgerannt, über das er nicht hinweg konnte. Denn die Schwierigkeit war nicht, herauszufinden, wie Steeger die Leiche beiseite geschafft haben könnte, sondern die Unmöglichkeit, herauszufinden, weshalb er vierzehn Tage lang tagtäglich solche Unmassen Holz gehackt und, wie ich noch entdeckte, seinem Vermieter fünfundzwanzig Pfund dafür bezahlt hatte. Das war Linleys Hindernis. Ich hatte solchen Gefallen an Linley gefunden, und ich brauchte gar nicht gebildet zu sein, um zu sehen, daß in solchem Verstand wie seinem allerhand vorging, und ich glaubte bestimmt, daß er's hätte lösen können. Mir tat's leid.

»Ist manchmal jemand zu dem Haus gegangen?« fragte er. »Hat jemand was weggenommen?« Aber so kamen wir auch nicht dahinter. Dann kam mir vielleicht eine Idee, die nichts taugte, oder ich erzählte vielleicht wieder von Numnumo, und er unterbrach mich ziemlich scharf.

»Aber was würden *Sie* tun, Smetters?« sagte er. »Was hätten Sie selbst getan?«

». . . wenn ich die arme Nancy Elth ermordet hätte?« fragte ich.

»Ja«, sagte er.

»Ich kann mir überhaupt nicht vorstellen, daß ich jemals so was tun würde«, sagte ich.

Er seufzte, als ob das gegen mich spräche.

»Ich glaube, ich würde nie Detektiv sein«, sagte ich, und er schüttelte bloß den Kopf.

Dann starrte er grübelnd ins Feuer, vielleicht eine ganze Stunde lang. Und dann schüttelte er wieder den Kopf. Danach gingen wir beide zu Bett.

An den nächsten Tag werd ich mein ganzes Leben denken müssen. Ich war, wie immer, tagsüber unterwegs und pries Numnumo an. Und um neun setzten wir uns zum Abendbrot. Man konnte sich in den Apartments nichts kochen, also aßen wir Kaltes. Und Linley fing mit einem Salat an. Ich seh ihn noch vor mir, jedes bißchen. Und ich war immer noch ganz begeistert von dem, was ich in Unge gemacht hatte, als ich dort Numnumo verkaufte. Nur ein Dummkopf hätte es dort nicht verkaufen können, das weiß ich schon, aber ich hatte viel verkauft, beinah fünfzig Flaschen, achtundvierzig, um es genau zu sagen, und das ist viel für ein kleines Dorf, einerlei, wie günstig die Gelegenheit ist. Daher sprach ich ein bißchen darüber, und dann fiel's mir ein, daß es ja Linley überhaupt nicht interessierte, und ich riß mich schnell zusammen. Es war wirklich sehr lieb von ihm, denn könnt ihr euch wohl denken, was er gemacht hat? Er muß sofort gewußt haben, weshalb ich zu sprechen aufhörte, und da streckte er einfach die Hand aus und bat mich:

»Könnten Sie mir ein wenig von Ihrem Numnumo für meinen Salat geben?«

Ich war so gerührt, daß ich's ihm beinah gegeben hätte. Aber natürlich nimmt man Numnumo nicht zum Salat. Nur für Fleisch und Vorspeisen. Wie es auf der Flasche steht.

Deshalb sagte ich nichts als: »Nur für Fleisch und Vorspeisen!« Obwohl ich nicht weiß, was Vorspeisen sind. Hab noch nie welche gegessen.

Noch nie hab ich gesehen, daß sich ein Gesicht so verändern konnte.

Eine volle Minute war er wohl stumm, und nichts sprach an ihm, als einzig das Gesicht. Der Ausdruck! Als ob einer einen Geist gesehen hätte, würde man gern sagen, nur daß es nicht stimmt, ganz und gar nicht. Sondern als ob einer was sieht, was noch nie ein Mensch gesehen hat, was er nicht für möglich gehalten hat.

Und dann sagte er mit einer Stimme, die ganz verändert klang, leiser und sanfter und ein bißchen seltsam ruhig: »Nicht für Gemüse, was?«

»Unmöglich für Gemüse«, antwortete ich.

Da stieß er einen Laut aus – wie ein Glucksen in seiner Kehle. Ich hätte nicht geglaubt, daß er so lebhaft fühlen könnte. Natürlich wußt ich nicht, um was es sich handelte. Aber ich hatte gedacht, all solche Gefühle hätten sie ihm längst in Oxford ausgetrieben, als er dort ein gebildeter Mensch wurde. Es standen ihm nicht gerade Tränen in den Augen, aber irgend etwas muß ihn schrecklich erschüttert haben.

Und dann sprach er – mit langen Pausen zwischen den einzelnen Wörtern: »Jemand könnte sich aber mal täuschen – und doch Numnumo für Gemüse benutzen!«

»Einmal und nicht wieder«, sagte ich.

Und er sprach's mir nach, als ob ich das Ende der Welt verkündet hätte, und betonte meine Worte so grauslich, bis sie von irgendeiner schrecklichen Nebenbedeutung eiskalt klangen, und dazu schüttelte er den Kopf.

Dann verstummte er.

»Was ist denn?« fragte ich.

»Smetters«, sagte er.

»Ja?« sagte ich.

»Smetters«, sagte er wieder.

Und ich sagte: »Bitte?«

»Hören Sie, Smetters«, sagte er, »Sie müssen den Gemüsehändler in Unge anrufen und ihn etwas fragen.«

»Gut«, sagte ich.

»Fragen Sie ihn, ob Steeger die beiden Flaschen am gleichen Tage gekauft hatte, was ich annehme, und nicht in einem Abstand von mehreren Tagen. Das *kann* er nicht getan haben.«

Ich wartete ab, da ich dachte, es käme noch etwas, und dann ging ich und telefonierte. Ich brauchte einige Zeit dafür, da es schon nach neun Uhr war, und konnt's auch nur mit Hilfe der Polizei. In einem Abstand von sechs Tagen, antworteten sie; und ich erzählte es Linley. Er hatte mich hoffnungsvoll angesehen, als ich eintrat, doch an seinem Blick merkte ich, daß ich ihm die falsche Antwort gebracht hatte.

Wenn man sich etwas so zu Herzen nimmt, muß man krank werden, und als er nicht sprach, sagte ich daher zu ihm: »Was Sie brauchen, ist ein tüchtiger Kognak, und dann müssen Sie früh zu Bett gehen!«

Und er antwortete: »Nein. Ich muß jemand von Scotland Yard sprechen. Rufen Sie mal an. Sagen Sie ihnen: sofort hier bei mir!«

»Aber«, sagte ich, »um diese Zeit wird uns kein Inspektor von Scotland Yard aufsuchen wollen.«

Seine Augen funkelten.

»Dann sagen Sie ihnen«, rief er, »daß sie Nancy Elth niemals finden werden. Einer soll herkommen, dann werd ich ihm erzählen, weshalb nicht!« Und nach einer kleinen Pause setzte er – vielleicht bloß für mich – hinzu: »Sie müssen auf Steeger aufpassen, bis sie ihn eines Tages bei einer andern Sache schnappen!«

Und stellt euch vor, er kam wirklich! Inspektor Ulton, meine ich, ganz persönlich!

Während wir warteten, wollte ich gern mit Linley sprechen. Zum Teil aus Neugierde, ich geb's zu. Doch ich wollte ihn auch nicht seinen Grübeleien überlassen, wie er da einsam am Feuer saß. Ich fragte ihn, um was es sich denn handelte. Aber er wollte es mir nicht sagen. »Mord ist etwas Entsetzliches«, war alles, was er sagte. »Und wenn ein Mörder seine Spur verwischen will, wird es noch schlimmer.«

Er wollte es mir nicht sagen. »Es gibt Geschichten«, sagte er, »die keiner hören will.«

Und das stimmt auch. Ich wünschte, ich hätte diese

hier nie gehört. Hab's eigentlich auch nicht. Hab's nur aus Linleys letzten Worten erraten, die er zu Inspektor Ulton sagte, die einzigen, die ich von ihrer Unterhaltung hörte. Und vielleicht ist das hier die Stelle, wo ihr aufhören solltet, die Geschichte weiterzulesen, ehe ihr sie auch erratet, selbst wenn ihr denkt, ihr lest Mordgeschichten gerne. Denn sicher wollt ihr lieber eine Detektivgeschichte mit einem romantischen Schluß lesen, und nicht eine, die von grausigem, schändlichem Mord handelt? Na, wie ihr wollt, ich habe euch gewarnt.

Inspektor Ulton kam, und Linley schüttelte ihm stumm die Hand und führte ihn in sein Schlafzimmer. Sie schlossen die Tür und sprachen mit leiser Stimme, und ich hörte kein Wort.

Als sie ins Schlafzimmer traten, sah der Inspektor recht beherzt und mutig aus.

Als sie wieder herauskamen, gingen sie stumm durchs Wohnzimmer, und dann betraten sie die kleine Halle, und an der Tür hörte ich dann die wenigen Worte, die sie dort miteinander wechselten. Es war der Inspektor, der das Schweigen brach.

»Aber weshalb«, sagte er, »hat er die Bäume umgehackt?«

»Nur«, sagte Linley, »um sich Appetit zu machen.«

DER MORD AN WACHTMEISTER SLUGGER

Vor einiger Zeit habe ich in *Time and Tide* eine Geschichte über den Mörder Steeger erzählt, und viele Leser haben Anstoß daran genommen. Ganz mit Recht, wie mir scheint. Übrigens: mein Name ist Smetters. Und mein Freund Mr. Linley hat damals herausgefunden, wie Steeger es gemacht hatte. Zwar konnten sie ihn daraufhin nicht hängen. Aber das ist eine andere Sache. Die Polizei ließ ihn natürlich beobachten und wartete ab. Und eines Tages kam Inspektor Ulton in unsere Wohnung und begrüßte Mr. Linley und sagte:

»Steeger hat wieder was angestellt!«

Linley war gar nicht überrascht. »Was hat er sich diesmal geleistet?« fragte er.

Inspektor Ulton erwiderte: »Er hat Wachtmeister Slugger ermordet.«

»Was?« rief Linley. »Den Mann, der Ihnen bei der Aufdeckung des ersten Mordes geholfen hat?«

»Ja«, sagte Ulton. »Er war aus dem Dienst ausgeschieden. Aber Steeger hat's ihm nie verziehen. Und jetzt hat er ihn umgebracht.«

»Wie traurig«, sagte Linley.

»Eine Schande!« rief ich.

Da erst erblickte mich der Inspektor. Ich bin klein, und er hatte mich nicht bemerkt.

»Oh, es ist nur eine Vermutung!« sagte er. »Eine ganz vage Vermutung!«

»Jawohl«, sagte ich. »Bin im Bilde.«

»Es wäre nämlich gefährlich, wenn man außerhalb dieses Zimmers herumerzählte, Steeger habe jemanden ermordet. Sehr gefährlich! Damit wären Sie ihm ausgeliefert. Ich habe auch nie behauptet, daß er ihn ermordet hat.«

»Bin im Bilde«, sagte ich.

»Er weiß Bescheid«, sagte Linley. »Auf welche Art hat Steeger denn den armen Slugger ermordet?«

Der Inspektor zauderte einen Augenblick und sah mich an. Dann sah er Linley an, und schließlich gab er zur Antwort: »Das können wir eben nicht herausbekommen. Er wohnte in dem Haus gegenüber von

Steeger, im Dorf Otherthorpe, etwa vier oder fünf Meilen vom Schauplatz des ersten Verbrechens entfernt. Anfänglich glaubten wir, er habe Slugger über die Straße herüber erschossen, da er an einem offenen Fenster saß. Und Steeger besitzt einen gehörigen Schießprügel – Kaliber acht –, womit er es wohl getan haben könnte, denn Slugger hat eine scheußlich lange Wunde am Hals: alles aufgerissen bis zur Lunge hinunter!«

»Das Gewehr hat man also gefunden?« fragte Linley.

»O ja«, sagte der Inspektor. »Natürlich schön säuberlich weggepackt und gereinigt und im Futteral verwahrt. So hat's der Dorfpolizist vorgefunden, der den Schuß gehört hatte. Daraufhin hat er sich sofort aufgemacht, und zwar ging er zuerst zu Slugger. Ja, das Gewehr hat er in Steegers Haus gefunden. Aber die Frage ist jetzt: wo ist die Kugel? Hat der Doktor sie extrahiert, und war er so fahrlässig, sie dann zu verlieren? Er sagt allerdings, nein. Was auch geschehen sein mag, von einer Kugel ist nichts zu finden. Kein Steckschuß, kein Geschoß im Körper, nur die eine, riesige Wunde. Wie von einem Stemmeisen herrührend. Aber das war auch nicht zu entdecken. Wir können ihm also nichts nachweisen, und deshalb kommen wir wieder zu Ihnen. Denn diesmal müssen wir ihn fassen!«

»Wozu braucht er denn eine Kaliber-Acht?« fragte Linley.

»Tja – eigentlich, um Slugger zu erschießen«, sagte der Inspektor. »Aber er hat eine tadellose Ausrede. Er geht nämlich in den Olnie-Sümpfen auf Entenjagd und verkauft die Enten nachher. Wir können deshalb noch keinen Haftbefehl erlassen.«

»Nein«, sagte Linley. »Hat der Dorfpolizist nachher Steeger zu Hause angetroffen?«

»Ja«, erwiderte der Inspektor. »Hinter dem Haus. Er grub im Garten.«

»Er grub im Garten?« fragte Linley. »Wann passierte es denn?«

»Letzten Mittwoch«, sagte der Inspektor.

»Letzten Mittwoch hatten wir ja Frost! Da kann er doch nicht gegraben haben!« rief Linley.

»Er tat auch bloß so, als ob er grub«, sagte der Inspektor. »Aber auch daraufhin können wir ihn nicht hängen. Kein Mensch würde bei Frost im Garten graben. Doch wir können ihm nichts nachweisen, und deshalb können wir ihn auch nicht hängen.«

»Stimmt! Und es beweist uns nur, daß er sich wieder einen neuen Trick ausgedacht hat.«

»Und das ist leider alles«, sagte der Inspektor.

Sogar während sie sich zusammen unterhielten, schneite es, und die ganze Woche über hatten wir

Frost gehabt. Ich saß still und hörte bloß zu, und ich glaube, sie hatten vergessen, daß ich da war.

»Ein Stück Land lag umgegraben da«, berichtete der Inspektor, »doch das bedeutet noch nicht, daß er es gerade eben getan hatte. Viele Leute hörten den Schuß. Gesehen hat niemand etwas. Wir haben die Leiche durchleuchten lassen: von einem Geschoß ist nichts zu sehen.«

»Kann er Slugger vielleicht mit einer Picke erschlagen haben?«

»Nein«, entgegnete der Inspektor. »Das Fenster, an dem wir Slugger fanden, liegt im ersten Stock. Und Steeger muß auch aus dem oberen Stockwerk seines Hauses gezielt haben. Nur das Geschoß ist nicht da. Der Wundkanal zieht sich etwas nach unten, und Steegers Fenster liegt etwas höher als das Fenster in Sluggers Haus. Wenn Sie bloß die Kugel finden könnten!«

»Eine tiefe Wunde, sagen Sie?«

»O ja, sehr tief.«

»Er muß das Geschoß entfernt haben.«

»Nein, nach dem Schuß hat keiner mehr die Straße überquert. Mears – das ist der Dorfpolizist – wohnt in der gleichen Straße. Ein paar Häuser entfernt. In zehn Sekunden war er aus dem Haus. Und die Straße war leer.«

»Er kann das Geschoß wohl nicht an einem dünnen

Draht befestigt haben?« meinte Linley. »Eine solche Möglichkeit haben Sie wohl bedacht?«

»Ja, wir dachten auch daran«, sagte der Inspektor. »Aber ein so großes Geschoß hätte irgendwo Blutspuren hinterlassen, entweder auf Sluggers Fensterbrett oder auf der Straße oder an der Außenwand von Steegers Haus. Wir haben jedoch nichts gefunden.«

»Was für eine Unverfrorenheit«, sagte Linley, »sich da einfach gegenüber von Slugger eine Wohnung zu nehmen!«

»Ja«, sagte der Inspektor. »Und Slugger wußte, worauf Steeger es abgesehen hatte. Aber deswegen wollte er sein Haus nicht aufgeben. Doch Steeger dachte, nachdem er das erste Mal davongekommen war, könne er tun, was ihm paßt.«

»Sluggers Fenster stand offen?«

»Ja.«

»Können Sie das beweisen?« fragte Linley. »Das müssen Sie nämlich beweisen können – wegen des Wetters.«

»Doch, doch«, erwiderte der Inspektor. »Mears sagt, er kann es beschwören. Slugger hatte bei jedem Wetter das Fenster offen. Er saß am Fenster und las. Hatte die Zeitung noch in der Hand.«

»Es sieht tatsächlich so aus, als habe Steeger ihn durch das offenstehende Fenster erschossen«, sagte Linley.

»Ganz bestimmt«, beteuerte der Inspektor. »Aber wenn man den Geschworenen kein Geschoß vorlegen kann, können Sie sich ja denken, was sie tun. Sie werden ihn freisprechen!«

»Ja«, nickte Linley. »Wie breit ist die Straße?«

»Neun Meter von Mauer zu Mauer«, sagte der Inspektor. »Knapp. Eigentlich nur achteinhalb Meter.«

»Also gut, ich werd's mir durch den Kopf gehen lassen«, sagte Linley. »Und morgen werde ich Ihnen sagen, wie er's meiner Ansicht nach getan hat.«

»Wenn Sie das könnten, wären wir sehr froh«, sagte der Inspektor und wandte sich zum Gehen. Und dabei fiel sein Blick wieder auf mich, und er sagte mir, daß auch nur die leiseste Andeutung, Steeger habe je einen Menschen ermordet, ein schweres Verbrechen sei. Als ob er Steeger nicht selber während der letzten halben Stunde schlecht gemacht hätte (falls der Ausdruck überhaupt stark genug ist). Ich erwiderte, daß ich Steeger nichts Schlechtes nachreden würde, und dann ging der Inspektor.

»Was halten Sie von der Geschichte?« fragte mich Linley.

»Ich?« sagte ich. »Wenn er Slugger erschossen hat und das Geschoß nicht durchschlug, dann muß es doch in der Leiche stecken?«

»Aber sie haben ja schon festgestellt, daß es nicht drin ist.«

»Lassen Sie mich hingehen und nachschauen«, bat ich.

»Nein, Smetters«, sagte er. »Was Scotland Yard nicht finden konnte, können Sie auch nicht finden.«

»Und was wollen Sie nun machen?« fragte ich.

»Nachdenken.«

»Worüber?« fragte ich.

»Über Geschosse, die sich an der Luft verflüchtigen.«

»Gibt es das?« fragte ich.

»Nein«, sagte er.

»Was nützt es dann, darüber nachzudenken?« fragte ich.

»Weil's geschehen ist«, sagte Linley. »Wenn etwas geschehen ist, muß man das zugeben und herauszubekommen versuchen, wie es geschehen ist.«

»Ob er einen großen Pfeil benutzt hat?« fragte ich. »Und den an einer Schnur zurückgezogen hat?«

»Noch schlimmer als die Kugel am Draht«, antwortete er. »Noch mehr Blutspuren.«

»Und ein Speer, der neun Meter lang gewesen wäre?«

»Unhandlich!« war Linleys einzige Entgegnung. Ich war ein bißchen gekränkt, weil er nicht auf meine Idee eingehen wollte, und begann darüber zu diskutieren. Aber Linley hatte recht. Erstens hatten sie keinen Speer gefunden, als sie Steegers Haus durchsuchten, und zweitens wäre in dem kleinen Zimmer im ersten Stock überhaupt kein Platz für den Speer gewesen.

Und dann läutete das Telephon. Es war Inspektor Ulton. Linley nahm mir den Hörer ab. Dann sagte er: »Sie haben den Pfropfen gefunden.«

»Den Pfropfen?« fragte ich.

»Den Pfropfen vom Kaliber-Acht. Zwischen den beiden Häusern auf der Straße.«

»Dann hat er ihn also erschossen«, sagte ich.

»Das wissen wir.«

»Ja, was gibt's dann noch für Schwierigkeiten, wenn wir das schon wissen?« fragte ich.

»Wir müssen es beweisen«, sagte Linley.

Lange Zeit saß er vor dem Kaminfeuer und dachte nach, und ich konnte nichts tun, um ihm dabei zu helfen. Nach einer Weile sagte er: »Rufen Sie mal Scotland Yard an, ob die Wundränder verbrannt waren.«

Ich tat's, und sie verneinten es. Der Arzt hatte eine Sekunde lang geglaubt, er fühle einen kleinen Fremdkörper, und das hatte sie auf den Gedanken gebracht, er könne das Geschoß verloren haben, aber er habe geantwortet, er hätte sich getäuscht, es sei nichts da, und auch keine verbrannten Wundränder.

Ich erzählte es Linley, und alles, was er erwiderte, war:

»Dann war also nichts da, das hätte brennen können.«

Und wieder verstummte er.

Und ich auch, denn mir fiel überhaupt nichts mehr ein. Ich wußte, daß Steeger es gemacht hatte – genau wie Linley es wußte. Doch das nützte uns gar nichts.

»Steeger muß baumeln«, sagte er nach einem Weilchen. Und ich wußte, daß er an Nancy Elth dachte – an das Mädchen, das Steeger schon umgebracht hatte.

Danach saß Linley so still da, daß ich glaubte, es ginge über seine Kräfte. Die Zeit verging, und ich hatte schon Angst, er könne es aufgegeben haben. Und das durfte er nicht, fand ich, denn ich war überzeugt, daß er es zu guter Letzt doch herausbekommen würde.

»Wie hat er's gemacht?« fragte ich nach einiger Zeit.

»Er hat ihn erschossen«, sagte Linley.

»Womit?« fragte ich.

»Weiß ich nicht. Werd's auch nie wissen.«

»Doch, doch, bestimmt«, rief ich, »wenn Sie nur richtig darüber nachdenken!«

»Ach«, sagte er, »geben Sie mir lieber ein kompliziertes Schachproblem!«

»Nein«, sagte ich, »wenn Sie erst die Schachfiguren sehen, denken Sie nur noch an die! Lösen Sie erst mal das andere Problem!«

Ich sah nämlich, daß er im Begriff war, es aufzugeben.

»Ach, meinetwegen«, sagte er dann, »aber lassen Sie wenigstens ein bißchen frische Luft herein! Die kleinste Abwechslung wird mir schon gut tun.«

Ich öffnete also das Fenster, und er lehnte sich hinaus und atmete die kalte Abendluft ein. Und kaum hatte er den Kopf aus dem Fenster gesteckt, hatte er des Rätsels Lösung vor der Nase! Wie komisch das menschliche Gehirn arbeitet! Noch nie war ich jemandem mit einem derartig scharfen Verstand begegnet, aber erst mußte er sehen, was er suchte, und seine Nase hineinstecken – und das noch rein zufällig! Denn vom oberen Fensterrahmen hingen Eiszapfen in allen Größen herunter, und fast stieß er dagegen. Er zog den Kopf zurück, drehte sich um und sagte:

»Den Steeger schnappen sie wieder nicht! Sie können's der Jury nicht beweisen. Das Geschoß war aus Eis!«

EIN FEIND VON SCOTLAND YARD

Heute kam Inspektor Ulton, um Mr. Linley zu besuchen. Ich freue mich, feststellen zu können, daß er sich an mich gewöhnt hat – der Inspektor nämlich. Er sagte nur: »Sie sind Mr. Smetters, nicht wahr?« Und ich sagte: »Ja, stimmt.« Und er sagte: »Sie begreifen wohl, daß alles streng geheim ist?« Und ich sagte, daß es mir klar sei. Und dann fing er an, sich mit Mr. Linley zu unterhalten.

Ich hatte Inspektor Ulton anläßlich des Mordes von Unge kennengelernt und war ihm nach der Ermordung Wachtmeister Sluggers auch wieder begegnet. Mr. Linley hatte ihm sehr geholfen.

»Ich mußte nochmals zu Ihnen, Mr. Linley«, waren seine ersten Worte.

»Wieder was mit Steeger?« fragte Mr. Linley.

»Wir wissen nicht, wer es ist«, antwortete der Inspektor. »Meistens wissen wir vom Yard, wer einen Mord begangen hat. Das ist nicht so schwierig. Das Motiv deutet haargenau auf einen Täter, und dann können wir leicht herausfinden, ob er um die Zeit in der Nähe war. Die einzige Schwierigkeit liegt im Beweis. Und diesmal können wir auch nicht herausbringen, wer es ist. Wir dachten, Sie könnten uns vielleicht helfen, Mr. Linley.«

»Was ist's?« fragte Linley.

»Es ist eine schlimme Sache«, erwiderte der Inspektor, »und eine schlimmere, als wir sie seit langer Zeit gehabt haben.«

»Das ist sehr bedauerlich«, sagte ich.

Er beachtete mich nicht, doch irgendwie sah ich es seinem Gesichtsausdruck an, daß ich etwas Dummes gesagt haben mußte. Schlimme Fälle sind ihr Lebenszweck, und wenn's keine mehr gäbe, wo kämen die Leute von Scotland Yard dann hin? Kaum hatte ich's gesagt, da bereute ich's auch schon.

»Vorige Woche erhielten wir in Scotland Yard einen Drohbrief«, erzählte er, »wenn Mr. Cambell nochmals in seinen Klub ginge oder Inspektor Island wieder beim Billard-Match bei Pieros zuschaute oder Sergeant Holbuck bei den ›Old Sallovians‹ Fußball spielte, dann würde jeder von ihnen umgebracht werden. Holbuck ist einer der besten Fußballspieler vom Yard, und beim Billard-Match sah Inspektor Island stets regelmäßig zu, wenn er es so einrichten konnte.«

»Augenblick mal, Herr Inspektor«, sagte Linley. »Das ist ja eine verrückte Drohung! So etwas kann der Mann nie ausführen.«

»Mr. Cambell und Inspektor Island sind bereits tot«, sagte Ulton.

»Tot?« wiederholte Linley, und noch nie habe ich ihn so verblüfft gesehen.

»Mr. Cambell ging am gleichen Tag, als er den Brief erhielt, in seinen Klub, die ›Meateaters‹ in der Holne-Street, und wurde vergiftet. Und Inspektor Island ging am folgenden Tag zu Pieros, um sich dort ein Billard-Match anzuschauen, und als er durch die Tür trat, fiel ein Stück Mauerwerk herunter und erschlug ihn.«

»Ein Stück Mauerwerk fiel herunter?« wiederholte Linley ungläubig.

»Ja«, sagte der Inspektor. »Es stand auch in den Zeitungen, zwar nur ganz kurz, weil die Leichenschau noch nicht abgehalten wurde. Wir arbeiten inzwischen an dem andern Fall, da wir dort einen Anhaltspunkt haben.«

»Was für einen Anhaltspunkt haben Sie?« fragte Linley.

»Wir haben den Fingerabdruck eines Kellners im Klub, der seit dem Abend der Ermordung – ehe Mr. Cambell erkrankte – verschwunden ist. Natürlich muß er ihm das Gift beigebracht haben, doch wissen wir nicht viel über ihn und wer er eigentlich ist, und wir glauben nicht, daß er der Mann ist, der alles plante.«

»Kann ich den Fingerabdruck sehen?« fragte Mr. Linley.

Inspektor Ulton zog einen Umschlag aus der Tasche und entnahm ihm ein Blatt Papier. Auf dem Papier war ein Fingerabdruck zu sehen: ein sehr deutlicher Fingerabdruck, in Tinte ausgeführt. Es war die Rückseite eines Zettels von einem Rechnungsblock aus dem Klub, und in der Mitte prangte tiefschwarz der Fingerabdruck. Linley betrachtete ihn lange.

»Und bei Pieros?« fragte er dann.

»Das ist uns ein Rätsel«, erwiderte der Inspektor. »Wir haben nämlich entdeckt, daß Island von einem Stück Mauerwerk erschlagen wurde, das durch eine kleine Explosion hervorgeschleudert worden sein muß, denn sie war durch einen feinen Mechanismus ausgelöst worden, der von innen her in die Wand eingelassen war. Von dem Apparat konnten wir nur sehr wenig finden, nicht nur wegen der Explosion, die stattfand, sondern auch, weil alles mit Thermit vermischt war – einem Stoff, der sehr heftig brennt und der bis auf ein paar Eisenstangen fast alles zerstört hat. Jedenfalls war ein Apparat eingebaut worden, doch können wir keinerlei Drähte entdecken, mit denen er verbunden war. Das Feuer wurde rasch gelöscht, der Schaden war nur von geringem Umfang, und rund um die Tür haben wir alles abgesucht: auf beiden Seiten und darüber und darunter, jedoch nirgends ist auch nur ein Stückchen Draht.«

»Vielleicht ist er fortgerissen worden?« fragte Linley.

»Das konnte nicht geschehen, ohne daß es jemand gewahr wurde«, sagte Ulton, »und es waren viele Menschen dort. Und auch unterirdisch ist nichts angelegt worden. Wir haben nachgesucht. Es ist weder ein Draht da noch eine Rinne, in der er entlanggeführt wurde. Es muß ein Zeitzünder gewesen sein.«

»War denn Inspektor Island so pünktlich?« fragte Linley.

»Oh, er war sehr pedantisch in seinen Gewohnheiten«, sagte Ulton, »und zu einer bestimmten Stunde war er dienstfrei, und das Billard-Match begann auch zu einer bestimmten Stunde.«

»Auf die Sekunde genau?« fragte Linley.

»Hm, nicht gerade auf die Sekunde genau!« sagte er.

»Und dabei ging es um eine halbe Sekunde«, fuhr Linley fort. »Nein, mit einem Zeitzünder kann's nicht gewesen sein.«

»Das vermute ich jetzt auch«, sagte Ulton.

Und eine Weile schwiegen beide.

»Immerhin«, sagte Linley nach einiger Zeit, »kann ich Ihnen schon eins verraten: einerlei, wer der Kellner war...«

»... Er hieß Slimmer«, warf Ulton ein.

»Einerlei, wer er war«, fuhr Linley fort, »etwas

stimmt nicht mit ihm. Das beweist der Fingerabdruck. Wann hat er den gemacht?«

»Man fand ihn, nachdem er schon fort war. Was ist denn so Merkwürdiges daran?« fragte Ulton. »Wir finden Tausende von Fingerabdrücken.«

»Ein Mann, der einen Mord begeht, hinterläßt nicht mitten auf einem Blatt Papier einen so deutlichen und sauberen Fingerabdruck, so daß die Polizei gleich darüber stolpert«, entgegnete Linley.

»Und was folgern Sie daraus?« fragte Ulton.

»Daß es nicht sein Fingerabdruck ist. Er dient nur zum Irreführen. Wir haben es also mit sehr seltsamen Leuten zu tun. Mit Leuten, die intelligent genug sind, um Fingerabdrücke zu fälschen, und so etwas habe ich noch nie gehört. Sie schon?«

Aber der Inspektor wollte nicht zugeben, was man auf dem Yard wußte und was nicht.

»Ein guter Fälscher kann ihn wohl auf Gummi herstellen«, fuhr Linley fort. »Wer jedoch so etwas machen kann, ist auch durchaus fähig, die Drohungen durchzuführen, was ich für unmöglich hielt. – Nun aber zurück zu der Explosion. Die muß durch jemand ausgelöst worden sein, der Island kommen sah. Es hätte nicht genügt, wenn er auf fünfzig Meter Entfernung von seinem Kommen benachrichtigt worden wäre, sondern er mußte ihn selbst durch die Tür bei Pieros eintreten sehen.«

»Und wenn er ihn sah – wie hat er dann das Ding zum Explodieren gebracht?«

»Darüber müssen wir eben nachdenken«, antwortete Linley. »Was für Häuser sind da, von denen er den Inspektor hätte sehen können?«

»Mehrere«, sagte der Inspektor.

»Und wie steht's mit dem Dritten?« fragte Linley. »Er hieß ja wohl Holbuck?«

»Ja, Sergeant Holbuck«, sagte der Inspektor. »Morgen wird er Fußball spielen. Er läßt sich nicht durch die Drohung einschüchtern. Keiner von den dreien hat sich abhalten lassen. Aber wir werden dafür sorgen, daß er sicher ist. Es findet auf dem Spielfeld der Old Sallovians statt. Jeder, der auf seiner Seite spielt, gehört zur Polizeitruppe, und von den Mitspielern auf der andern Seite ist uns jeder einzelne Mann gut bekannt. Sie sind alle einwandfrei; und die ganze vorderste Reihe der Zuschauer besteht auch aus unsern Leuten, und in den Reihen dahinter verteilen wir noch hier und da ein paar rings ums Spielfeld, ganz zu schweigen von denen am Tor. Und dann, wenn das Spiel aus ist, schicken wir ihn unter Bedeckung nach Hause, doch wie wir das machen, sagen wir keinem Menschen. Wir sorgen schon dafür, daß Holbuck nichts zustößt.«

»Also morgen«, sagte Linley. »Kann ich auch kommen?«

»Ja«, sagte Inspektor Ulton. »Mit der Karte hier können Sie hinein, aber nicht in die vorderste Reihe.«

Mr. Linley merkte, wie ich ihn ansah. »Kann ich auch eine Karte für meinen Freund haben?« fragte er. »Sie würden gern mitkommen und sehen, ob etwas passiert, nicht wahr, Smetters?«

Sehen, ob was passiert? Natürlich wollt ich das gern. Und Inspektor Ulton betrachtete mich, und dann sagte er: »Ja, er kann auch eine Karte bekommen.« Und er gab Linley meine Eintrittskarte.

»Sehr freundlich von Ihnen«, sagte ich.

»Oh, bitte«, erwiderte der Inspektor.

Nachdem Inspektor Ulton fortgegangen war, sagte Linley lange Zeit kein Wort. Er stand bloß da und blickte starr vor sich hin, mit einem starren Blick, der scheinbar überhaupt nichts sieht: nichts in nächster Nähe, meine ich. Und ich sprach auch nicht, um ihn nicht zu stören. Und dann sagte er: »Kommen Sie, Smetters, setzen Sie sich!«

Und wir setzten uns vors Feuer. Es war nämlich im Winter, und bald Teezeit. Linley begann sich die Pfeife zu stopfen.

»Was mag's sein?« fragte ich.

»Heutzutage ist alles Organisation«, sagte Linley. »Auf beiden Seiten. Bei all der Organisation, die sie in Scotland Yard haben, muß ein Verbrecher entweder von vornherein aufgeben oder klüger als die

Detektive sein. Der Bursche, der jetzt dahintersteckt, ist natürlich früher mal von ihnen geschnappt worden, wahrscheinlich von Cambell persönlich. Er muß ein rachsüchtiger Bursche sein. Vermutlich hat er jahrelang in einem Zuchthaus über die alte Geschichte nachgegrübelt und den Groll, den er gegen die drei Detektive hegt, in seinem finsteren Gemüt hin und her gewälzt. Und da wäre es nun interessant, einmal festzustellen, bei welcher Gelegenheit die drei Männer zusammengearbeitet haben. Dadurch könnte man vielleicht den Mann, der sie so haßt, eher entdecken. Der Fingerabdruck beweist mir, daß es entweder ein kompletter Esel oder ein abgefeimter Teufel ist. Wir müssen also mit einem ziemlich schlau eingefädelten Spiel rechnen, wenn wir der Ermordung Islands beim Eingang zu Pieros auf die Spur kommen wollen.«

»Ich kann mir nicht vorstellen, wie er das fertiggebracht hat«, sagte ich.

»Bedenken Sie mal, daß Inspektor Ulton nichts fand, als er den Zuleitungsdraht suchte«, antwortete er mir. »Was folgern Sie daraus?«

»Ich weiß es wirklich nicht«, sagte ich.

»Sie sind zu alt«, sagte er, »und Inspektor Ulton auch.«

»Ich bin nicht alt«, entgegnete ich, »und Ulton auch nicht!«

»Sie sind beide auf die Welt gekommen, ehe man überall mit drahtlosen Übertragungen arbeitete«, entgegnete er.

»Mit drahtlosen?« sagte ich.

»Natürlich«, erwiderte Linley. »Daran hätte heute jeder Schuljunge gedacht. Weil er zur Welt kam, als drahtlose Übertragungen etwas Alltägliches waren. Die Explosion wurde durch irgendeine Kraft auf die Sekunde genau ausgelöst: Ulton sucht also nach Drähten, kann sie nicht finden und gibt sich geschlagen. Drahtlos – das ist der Witz! Ein kleines, in die Wand eingebautes Gerät!«

»Ja, ja«, sagte ich, »das hört sich ganz nett an. Ein kleines Empfangsgerät ist nichts Ungewöhnliches, und zweifellos bringt es eine Explosion zur Auslösung. Aber eine Sende-Anlage können Sie nicht in jedem Hause haben: das ist eine große Sache!«

»Das müssen wir eben ergründen«, sagte Linley.

»Und wieviel Häuser gibt's eigentlich«, fragte ich, »von denen man Pieros Haustür beobachten kann?«

»Eine ganze Menge auf der gegenüberliegenden Seite des Platzes«, erwiderte Linley, »und mehrere auf der rechten Seite, wenn man Pieros Eingang den Rücken kehrt.«

Pieros Restaurant lag an einem kleinen Platz mit sehr viel Bäumen, in denen am Tage die Spatzen und nachts die Stare hausten. Und auf den Bänken unter den Bäumen saßen alle möglichen Leute, von denen jeder seine eigene Geschichte hatte, und unter ihnen befanden sich mehrere von Inspektor Ultons Leuten in verschiedener Ausstaffierung.

»Doch wahrscheinlich«, fuhr Linley fort, »können wir die Zahl der Häuser einschränken, wenn wir alle ausscheiden, von denen man Island nicht hätte sehen können, wie er sich dem Eingang näherte, denn der Mann mußte bei seinem mörderischen Vorhaben sehr präzis sein.«

»Dann erlauben Sie mir, daß ich mit Scotland Yard telephoniere und es ihnen mitteile«, schlug ich vor. »Sie werden es schnell herausgefunden haben, ob es in einem jener Häuser eine Sende-Anlage gibt. Ein so großes Gerät kann man nicht so leicht verstecken.«

»Gut«, sagte Linley. »Aber sprechen Sie in Andeutungen, damit nicht jedermann weiß, wovon Sie reden. Sagen Sie einfach zu Inspektor Ulton, es müsse drahtlos gemacht worden sein, und er solle die Häuser untersuchen, von denen man Islands Kommen wie auch das Ende seines Weges beobachten konnte.«

Und so machte ich es, fast mit den gleichen Worten, und Scotland Yard schien sehr befriedigt.

Dann tranken wir Tee, und Linley schob das Problem, wie es so seine Art ist, in voller Absicht von sich: ließ es sozusagen im Hinterkopf ›simmern‹, aber ›mit dem Deckel auf dem Töpfchen‹. Wir redeten von allen möglichen andern Dingen. Jedoch sehr viel später, etwa gegen zehn oder elf Uhr am gleichen Abend, läutete das Telephon, und Linley ging auf den Flur und sprach und kam wieder und sagte: »Keine Sende-Anlage in den Häusern am Platz. Was sagen Sie dazu, Smetters?«

»Sieht so aus, als ob Sie auf der falschen Fährte sind«, antwortete ich.

»Nicht, solange es noch Telephone gibt«, antwortete er.

Und das konnte ich nun erst recht nicht verstehen.

»Morgen wird sich's herausstellen«, sagte er. »Ein Bursche wie der ist bestimmt sehr gewitzigt. Sicher erleben wir noch allerhand.«

»Was sollen wir erleben?« fragte ich.

»Das weiß ich nicht«, antwortete Linley. »Aber der Bursche erinnert mich an ein Wiesel. Er muß Holbuck folgen. Ob Ulton ihn jedoch fangen wird?«

»Das sollte er wohl«, sagte ich, »wenn er ein paar hundert Polizisten hat – oder wieviel er sonst einsetzen mag.«

»Mit großen Zahlen richtet man nichts aus, wenn man mit List zu rechnen hat«, sagte Linley. Und dann fügte er plötzlich hinzu: »Kommen Sie, woll'n uns mal das Spielfeld anschauen!«

»Was? So spät am Abend?« rief ich.

»Ja«, sagte Linley. »Ich möchte nicht schlafen, und dort können wir ebensogut nachdenken wie anderswo.«

Es war nett von ihm, es so hinzustellen, als ob ich sehr am Nachdenken beteiligt wäre. Natürlich wollte ich ihn begleiten, und wir stiegen in einen Autobus und kamen in einen Stadtteil Londons, in dem es noch Straßenbahnen gibt. Und bald stiegen wir aus dem Bus und nahmen eine der Straßenbahnen und saßen zwischen Leuten, die spät nach Hause fuhren.

»Sergeant Holbuck ist vermutlich ein zäher Brocken«, sagte ich, »wenn er gegen die Sallovians Fußball spielt.«

»Ich kenne ihn nicht«, sagte Linley und fuhr fort, seine Zeitung zu lesen. Mir fiel auf, daß ein Mann uns gegenüber ein bißchen weiter wegrückte und zur Wagendecke starrte.

Bald danach stiegen wir aus. Es war kalt und spät und ziemlich windig. Die Straße, durch die wir gingen, war fast leer, abgesehen von einem Mann, der unter einem Laternenpfahl stand und die Zeitung las. Sonst erblickten wir keinen Menschen, bis wir zum nächsten Laternenpfahl kamen und wieder einen Mann sahen, der im Licht der Laterne seine Zeitung las. Nur Katzen waren zu bemerken, die sich leise aus den Häusern stahlen, und hin und

wieder stand ein Mann da und las die Zeitung. Keiner von diesen Männern blickte uns an: sie sahen nur von ihrer Zeitung auf und folgten uns mit dem Blick in der Richtung, die wir einschlugen. Jedesmal, wenn wir an einem vorbeikamen, knisterte die Zeitung ein bißchen, weil der Mann sie umgeblättert hatte, um die nächste Seite zu lesen. Als ich Linley auf die Männer aufmerksam machte, sagte er, es sei eben die einzige Zeit am Tage, die ihnen zum Lesen verbliebe, und das Licht von den Straßenlaternen bekämen sie gratis, ohne dafür bezahlen zu müssen.

Und dann hörten die Häuser auf, und wir kamen zu einem großen Eisenzaun, und im Zaun befand sich das Tor, das auf den Sportplatz führte. Man konnte die Plätze undeutlich erkennen, und ebenfalls eine Reihe von Weiden, die wie eine Schar riesiger, spazierengehender Heinzelmänner aussahen. Als wir ans Tor kamen, hustete einer von den Zeitungslesern uns nach. Und als ich Linley darauf aufmerksam machte, sagte er, daß man natürlich husten müsse, wenn man in einer so kalten Nacht im Freien die Zeitung läse.

Wir folgten dem Zaun, bis wir an die Ecke kamen, und bogen auch um die Ecke und gingen einen kleinen Weg entlang, den auf jeder Seite eine Hecke begrenzte. Es war nett, mal wieder einen richtigen Heckenweg zu gehen, nachdem man eben noch im Herzen von London gesteckt hatte. Dann machte der Zaun wieder eine Biegung, und wir folgten ihm weiter rings um alle die Spielplätze. An dem Verlauf der dunklen Weiden-Prozession und einem Nebelband konnten wir erkennen, daß sich ein Bach zwischen den Feldern hinzog, und bald gelangten wir an die Stelle, wo er unter der Einzäunung hindurchfloß, und Linley blieb stehen und betrachtete sich den Zaun, unter dem der Bach hervorkam, und stellte fest, daß alles gut mit Draht abgedichtet war.

Es war eine sehr ruhige Nacht, und der Nebel, der über dem Bach stand, regte sich nicht, und die Zweige der Weiden waren so bewegungslos wie eine Hand, die sich warnend ausstreckt und ›Pst!‹ sagt. Und sonst war ringsum nichts zu hören als das Husten der Männer, an denen wir hin und wieder vorbeikamen. Nun zog Linley eine zusammengefaltete Zeitung aus der Tasche, behielt sie in der Hand und winkte im Weiterschreiten leicht damit hin und her, und nach einem Weilchen hörten die Männer zu husten auf.

»Sie haben sie von ihrem Husten geheilt«, sagte ich.

Aber er verstand mich nicht, deshalb schwieg ich wieder.

Wir wanderten weiter und kamen bald wieder durch Straßen und gingen lange Zeit stumm voran. Dann sagte Linley: »Ich kann mir nicht vorstellen, wie sie es machen wollen. Aber morgen werden wir's vermutlich zu sehen bekommen.«

»Ich kann mir überhaupt nichts vorstellen«, sagte ich, »was sie bisher gemacht haben.«

»Oh«, sagte Linley, »das mit der Vergiftung war ganz einfach, und wahrscheinlich fing es mit der Anstellung jenes Kellners im Meateaters-Klub an. Seit zehn Monaten war er dort, und vermutlich war der Verbrecher, der hinter alledem steckt, kurz zuvor aus dem Zuchthaus entlassen worden. Er brauchte nicht viel Zeit, um Pläne zu machen: die hatte er während seines Aufenthalts im Zuchthaus, zu dem ihm wahrscheinlich die armen Ermordeten, Cambell und Island, verholfen hatten, gründlich durchdacht. Und es konnte auch nicht besonders schwierig gewesen sein, den Explosivstoff nachts in Pieros Wand einzubauen: das bedeutete weiter nichts als einen kleinen Einbruch in einem Haus, das nicht bewacht wurde: Pieros haben zwar ein paar wertvolle Billardtische, aber sonst nichts von Wert, und Billardtische verlocken nicht gerade zum Diebstahl.«

»Aber wie haben sie die Explosion ausgelöst?« fragte ich.

»Ja – das ist eben der Witz an der Geschichte«, erwiderte Linley. »Und da es nicht mit Hilfe von Draht in Gang gesetzt wurde, muß es drahtlos geschehen sein.«

»Aber sie haben keine Sende-Anlage gefunden«, sagte ich. »In keinem der umliegenden Häuser war eine!«

»Die kann irgendwo gewesen sein, vorausgesetzt, daß sie am andern Ende einer Telephonleitung war.«

Und da begann es mir allmählich zu dämmern, wie großartig der Plan war.

»Aber sie werden sich doch nicht etwas so Umständliches ausgedacht haben?« widersprach ich.

»Natürlich muß man zuerst den einfachen Dingen nachgehen«, sagte Linley, »doch wenn es nichts Naheliegendes ist, dann ... «

Und damit gelangten wir zu unserer Straßenbahn und sprachen nicht mehr über die seltsame Verschwörung, die bereits zwei Menschenleben gekostet hatte und einen dritten Mord vorbereitete.

Am andern Morgen beim Frühstück sagte mir Linley, daß das Fußball-Match um halb drei beginnen sollte. »Der Sportplatz war gestern abend gut bewacht«, sagte er, »und ich kann mir nicht recht denken, wie jemand sich hätte einschleichen können, um sich drin zu verstecken. Und heute muß jeder eine Einlaßkarte am Tor vorweisen.«

»Soll ich mir einen Revolver kaufen?« fragte ich vorsorglich.

»Nein«, entgegnete Linley. »So was war in Sherlock Holmes' Tagen recht und gut, als man sogar eine kleine Kanone hinter sich herschleppen konnte, wenn man meinte, man brauche sie vielleicht. Aber es ist schwieriger in der Welt geworden. Für alles sind Erlaubnisscheine nötig. Vermutlich war die Menschheit glücklicher dran, als sie noch nicht gelernt hatte, Formulare auszufüllen. Aber so ist es nun mal heute, und die alten Zeiten werden schwerlich wiederkehren. Nein, Smetters, keinen Revolver. Doch die Augen dürfen Sie gerne offenhalten!«

Natürlich hatte Linley vollkommen recht: er hat immer recht. Doch war das Ganze nun nicht mehr so aufregend, wenn man bloß Zuschauer ist. Aber schließlich zeigte es sich, daß wir mit Revolvern, ja, selbst mit Maschinengewehren, nichts hätten ausrichten können.

Wir aßen mittags nicht viel. Linley war anscheinend zu sehr in Probleme versunken, und ich war zu aufgeregt. Dann fuhren wir zum Sportplatz hinaus. Diesmal nahmen wir ein Taxi. Am Eingangstor zeigten wir unsere Karten und wurden durchgelassen, und kaum waren wir drin, da sahen wir schon einen Inspektor in Uniform. »Kalter Abend gestern abend«, sagte Linley zu ihm. Und der Inspektor lachte bloß.

Der Eisenzaun war stark und hoch, und die Stangen liefen an den Enden oben in Spitzen aus: es wäre keine Kleinigkeit gewesen, über Nacht einzudringen und sich zwischen den Weiden zu verstecken, und bei all den Männern, die draußen hustend herumstanden und Zeitung lasen, war es ein Ding der Unmöglichkeit. Das Spiel hatte gerade begonnen, und wir gingen hinter der Zuschauermenge entlang und suchten Inspektor Ulton. Die meisten Leute hatten anscheinend die Hände auf den Rücken gelegt und hielten einen Spazierstock oder einen Regenschirm; und es fiel mir auf, daß jeder Stock oder Regenschirm ein bißchen zuckte, wenn wir vorbeigingen. Es war eine argwöhnische Menge. Gewiß war sie gut organisiert: mich beunruhigte einzig der Gedanke, ob sie in ihrem Argwohn auch kritisch genug waren, ob sie den richtigen Mann verdächtigten, wenn er vorbeikam. Und dann dachte ich, wie dreist es wäre, wenn er wirklich hinter dieser Polizistenmenge entlanggehen würde, um den einen zu ermorden. Und dreist war er ja von Natur, sonst hätte er Scotland Yard nicht den Drohbrief geschickt und seine Drohung bereits zu zwei Dritteln ausgeführt.

Dann sahen wir Inspektor Ulton, und Linley trat auf ihn zu und fragte ihn, wo Holbuck sei. Der Name Holbuck wirkte auf die uns umgebende Menge aufregend, und sie machten sich Zeichen, man sollte uns im Auge behalten, aber Ulton nickte ihnen beruhigend zu und zeigte uns dann Holbuck. Er war ein großer Mensch, der leicht zu erkennen war; er spielte als Verteidiger. Ich beobachtete das Spiel und behielt vor allem Holbuck im Auge, doch da die Stürmer den Ball hatten, machte er bis jetzt noch nichts. Linley beobachtete die Zuschauer.

Nach einer Weile wandte Linley sich an mich und sagte: »Wenn sie dort durchkommen, dann sind sie klüger als ich.«

»Wo?« fragte ich. »Durch den Zaun?«

»Nein«, sagte Linley. »Durch die Zuschauer. Oder natürlich auch durch den Zaun.«

»Und wie sollen sie's dann schaffen?« fragte ich.

»Sie werden's eben nicht schaffen«, antwortete Linley.

Doch da täuschte er sich.

Der Ball kam schließlich zu Holbuck, und er stieß

ihn dreiviertel Wegs übers Feld. Er kam zurück, und Holbuck bekam ihn nochmals. Diesmal behielt er ihn ein paar Meter weit selber, und dann chargierte einer von der Gegenmannschaft. Holbuck behielt ihn und dribbelte ihn vorwärts, wobei er ihn an mehreren Spielern vorbeikriegte; ziemlich rasch bekam er ihn halbwegs übers Feld, und dann fiel er um und war tot.

Ich brauche Ihnen wohl nicht erst zu schildern, was für ein Aufruhr entstand. Denn deswegen hatte ja die Hälfte der Zuschauer aufgepaßt, und nun war es direkt vor ihrer Nase passiert. Und die andere Hälfte der Zuschauer, die nicht darauf gefaßt war, regte sich nicht weniger auf. Ein Arzt wurde geholt, und Holbuck war tatsächlich tot, und sie verhafteten den Mann, der ihn kurz zuvor chargiert hatte. Und die ganze Zeit über verhielt sich Linley vollkommen bewegungslos.

»Was halten Sie davon?« fragte ich nach einer Weile.

»Ich weiß es nicht«, sagte Linley. »Die Leute um uns her haben uns im Verdacht.«

»Warum?« fragte ich.

»Wir sind ihnen fremd. Sprechen Sie nicht!« sagte er. Daher schwieg ich.

Wir sahen Inspektor Ulton wieder, der schnell an uns vorbei wollte. »Jetzt ist's also doch passiert«, sagte Linley.

Aber Ulton war aufgebracht und sagte kaum ein Wort. Er hatte die sorgfältigsten Vorbereitungen getroffen, und doch war ihm alles fehlgeschlagen, und obendrein hatte er einen tüchtigen Mann verloren.

»Er wird uns sicher noch aufsuchen«, sagte Linley zu mir.

Und dann verließen wir die Menge. Ich hatte zuerst den Eindruck, daß uns jemand folgte, doch läßt sich das in einer Menschenmenge schwer feststellen. Und dann hatte ich den Eindruck, als ob einer, an dem wir vorbeigekommen waren, den andern einen Wink gegeben hätte: »Laßt sie nur gehn!« Aber es kann mir auch nur so vorgekommen sein.

Und tatsächlich kam Inspektor Ulton bald nach unserer Rückkehr, um uns einen Besuch zu machen. Um Linley einen Besuch zu machen, meine ich natürlich.

Er sah sorgenvoll aus.

»Was hat der Arzt gesagt?« waren Linleys erste Worte.

»Gerade deswegen komme ich zu Ihnen«, erwiderte Ulton.

»Ja, und?« fragte Linley.

»Schlangengift«, erwiderte der Inspektor.

»Bißchen spät im Jahr für Schlangen«, warf ich ein, doch keiner achtete auf mich.

»Was für eine Schlange?« fragte Linley.

»Russells-Viper«, antwortete Ulton.

Danach sprachen sie eine Zeitlang über diese Viper, die etwas Unheimliches an sich hat: ihr Biß ist tödlich, weil er das Blut zum Gerinnen bringt, so daß es fest wird. Glücklicherweise sind solche Schlangen in England nicht anzutreffen.

»Wo wurde er gebissen?« war seine nächste Frage.

»Als ich ging, hatten sie die Bißstelle noch nicht entdeckt«, erwiderte der Inspektor. »Aber natürlich untersuchen sie jetzt die Leiche und entdecken sie. Wir behielten den Mann in Haft, der zuletzt mit ihm in Berührung kam, einen Mann namens Ornut, der ihn ziemlich heftig chargierte.«

»Ist er durchsucht worden?« fragte Linley.

»Ja, aber es wurde nichts Verdächtiges gefunden«, sagte der Inspektor.

»Dann werden Sie ihn vermutlich wieder freilassen müssen?« meinte Linley.

»Ja, wir haben's bereits getan«, sagte der Inspektor, »aber wir haben seine Adresse.«

Und dann läutete das Telephon, und ich nahm es ab. Es war jemand, der Inspektor Ulton verlangte. Ich sagte es ihm, und er ging hin.

»Sie haben die Bißstelle gefunden«, berichtete Ulton, als er wieder ins Zimmer kam. »Sie befindet sich am rechten Fuß unter der Sohle.«

»Da muß er aber sehr dünne Schuhsohlen gehabt haben«, warf ich ein.

Doch Linley durchschaute es sofort.

»Das erklärt alles«, sagte er. »Sie konnten nicht auf den Fußballplatz gelangen, der von all Ihren Leuten bewacht wurde; aber sie machten sich an seine Schuhe.«

»Glauben Sie, daß es so war?« fragte der Inspektor.

»Es ist sehr wahrscheinlich«, erwiderte Linley. »Die Sohle von Fußball-Stiefeln kann man so leicht nicht durchbohren. Es muß etwas in der Sohle selbst gewesen sein.«

Inspektor Ulton gab ihm recht. Und es stellte sich dann auch so heraus: er ging zum Yard, um es sich anzusehen, und am Abend kam er wieder und erzählte Linley, was es war. Sie hatten einen Schlangenzahn in der Sohle von Holbucks Stiefel befestigt und eine Schicht darüber geklebt, die den Fuß so lange schützte, bis der Fuß richtig warm geworden und die Schutzschicht geschmolzen war. Der Giftzahn steckte unter dem Ballen, wo sich die Sohle beim Laufen am meisten umbiegt. Und noch an eine andere Sicherung hatten sie gedacht, eine Art Sicherheitsschloß, etwa wie bei einem Gewehr: es befand sich unter der Zehe und konnte durch einen kräftigen Stoß, wie den Schlag gegen den Fußball, beiseite geschoben werden. Und so war es auch offenbar vor sich gegangen: als Holbuck lief und kräftig gegen den Fußball stieß, drang der Giftzahn in seine Fußsohle ein – und damit auch das Gift, mit dem die Russells-Viper in Indien ihre Opfer erledigt.

»Und Sie haben noch keinen Anhaltspunkt, wer der Mann sein könnte?« fragte Linley.

»Bis jetzt noch nicht«, antwortete der Inspektor. »Wir haben mit dem Zoo telephoniert, aber kein Mensch hat sich dort Schlangengift besorgt. Es deutet auf jemand, der Indien bereist hat. Es ist nicht so leicht, einem Gift auf die Spur zu kommen, das nicht von einem Apotheker stammt – und das hier ist ohne Rezept erhältlich.«

»Stimmt«, sagte Linley. »Aber wir erwischen ihn mittels des andern Mordes. Da können wir durchs Telephonamt zu Anhaltspunkten kommen. Sie kennen den Zeitpunkt der Ermordung. Wir müssen herausbringen, in welchen von den Häusern, die auf Pieros Eingangstür blicken können, um jene Zeit das Telephon benutzt wurde.«

»Und dann?« fragte Ulton.

»Dann ist es ganz leicht«, erwiderte Linley. »Stellen Sie fest, mit wem sie gesprochen haben und wer von den angerufenen Hörern eine Sende-Anlage besitzt, deren es in England nicht gerade viele gibt.«

»Allerdings nicht«, sagte Ulton. »Sie glauben also, daß es dann auf drahtlosem Wege ausgelöst wurde?«

»So muß es gewesen sein«, entgegnete Linley.

»Und das läßt sich auf drahtlosem Wege machen?« fragte Ulton.

»Einen Funken entzünden? Weshalb denn nicht?« sagte Linley. »Wenn man doch Schiffe und Flugzeuge drahtlos steuern kann!«

»Und was glauben Sie, wo die Sende-Anlage war?« fragte der Inspektor.

»An dem Ort, wohin der Mann telephonierte«, erwiderte Linley, »der sich in einem Haus befand, das auf Pieros Eingang blickte und von dem aus er auch das Auftauchen des Inspektors beobachten konnte.«

»Dann werden wir die Telephonanrufe ermitteln«, war alles, was Ulton sagte, und bald danach brach er auf.

»Eine Sende-Anlage ist ein Riesending, nicht wahr?« sagte ich zu Linley.

»Ja«, entgegnete er.

»Gar nicht so einfach zu verstecken in London«, sagte ich, »da ringsum so viele Leute wohnen.«

»Vor allem ist's nicht mehr einfach, wenn Ulton ihm erst mal auf der Spur ist«, meinte Linley.

Am nächsten Morgen erschien der Inspektor wieder. »Zur Zeit der Ermordung wurde in einem der Häuser telephoniert«, berichtete er. »Ein Mann, der sich den Namen Colquist beigelegt hatte und der

sich jetzt nicht ermitteln läßt, mietete im ersten Stock von Nummer neunundzwanzig, weil er, wie er sagte, Büroräume brauchte. Er mietete die Zimmer eine Woche vor der Ermordung und zog am Abend des gleichen Tages aus, an dem der Mord stattfand. Er gab an, Grundstückmakler zu sein. Genau in der Minute, als der Mord geschah, hatte er ein Ferngespräch mit Yorkshire.«

»Mit Yorkshire!« rief Linley aus.

»Ja«, sagte der Inspektor.

»Nun ja«, meinte Linley, »warum auch nicht?«

»Jetzt ist er natürlich verschwunden«, sagte Ulton.

»Hat man von Nummer neunundzwanzig einen guten Überblick über die Straße, die Island heraufkam?« fragte Linley.

»Ja«, sagte der Inspektor, »er muß Island schon ganz von weitem kommen gesehen haben, und zwar aus den Fenstern des ersten Stockwerks.«

»Dann müssen Sie nach Yorkshire!« sagte Linley.

»Nach Yorkshire?« rief der Inspektor.

»Ja«, sagte Linley, »wenn der Anruf von Nummer neunundzwanzig tatsächlich nach Yorkshire erging. Nach welchem Teil von Yorkshire?«

»Nach Henby, einem Dörfchen im Hochmoor«, erwiderte der Inspektor.

»Dort wurde also das Verbrechen begangen«, sagte Linley.

Eine Zeitlang schien Ulton unfähig, ihm Glauben zu schenken. Aber Linley hielt an seiner Ansicht fest. »Wenn keine Drähte da waren«, sagte er, »dann wurde es drahtlos gemacht. Und wenn es auf drahtlosem Wege geschah, weshalb dann nicht von Yorkshire?«

»Dann müssen wir nur zu seinem Haus gehen und ihn dort verhaften?« fragte Ulton, noch immer nicht ganz überzeugt.

»Ja«, sagte Linley. »Und eigentlich könnten Sie vorher noch feststellen, wer er ist. Es muß jemand sein, der von Mr. Cambell, Inspektor Island und Sergeant Holbuck gemeinsam dorthin geschickt wurde, wo er über seinen Racheplänen brüten konnte. Und er war entweder in guten Verhältnissen, oder sein Verbrechen brachte ihm finanziell genug ein, denn ein Sendeapparat ist nicht umsonst zu haben. Nein, er sollte nicht so schwer zu ermitteln sein.«

»Nein«, sagte der Inspektor. »Es könnte Septon sein, wie mir scheint.«

»Was für ein Verbrechen hatte er begangen?« fragte Linley.

»Er hat Kokain verkauft«, antwortete Ulton. »Er vertrieb es in großem Maßstabe in den Bordellen. Mr. Cambell kam ihm auf die Spur, und Island und Holbuck waren beide daran beteiligt, ihn zu verhaften. Er dürfte jetzt entlassen worden sein. In Parkhurst war er.«

»Dann finden Sie ihn in Yorkshire«, sagte Linley. »Ein anderer Mann beobachtete den Eingang von Pieros und telephonierte ihm. Septon war bestimmt in Yorkshire.«

»Wie wollen Sie wissen, wer an diesem und wer an jenem Ende des Telephons war?« fragte der Inspektor.

»Weil ein Verbrecher dieser Art sich stets von der Tat so fern wie möglich hält«, entgegnete Linley. »Sie geben das Geld her und bleiben, wenn es geht, im Hintergrund.«

»Da haben Sie, glaube ich, recht«, sagte der Inspektor, der über die Verbrechen im ganzen Britischen Reich Bescheid wußte. »Wir müssen also nach Henby, und je eher, je besser. Die Telephonnummer ist Henby Nummer fünfzehn; es war das Haus eines Arztes, aber der ist in die Schweiz gereist und hat sein Haus für ein Jahr an einen Mann vermietet, der sich Brown nennt. Er wohnt jetzt seit mehr als zwei Monaten dort.«

»Wann wurde Septon in Parkhurst entlassen?« fragte Linley.

»Vor einiger Zeit schon«, entgegnete Ulton. »Und dann mußte er sich jeweils im Polizeirevier melden. Das hörte vor zweieinhalb Monaten auf.«

»Es sollte nicht schwierig sein, ihn zu fassen«, sagte ich und dachte im stillen, ob sie mich wohl mitnehmen würden.

»Er schießt«, sagte der Inspektor. »Letztes Mal hatten wir deswegen allerlei Schwierigkeiten mit ihm.«

So etwas liegt natürlich ein bißchen außerhalb meiner Geschäftserfahrungen. Ich reise für Nummumo, eine Würze für Fleisch und Vorspeisen; und ich gelange garantiert in jedes Haus, obwohl ich natürlich nicht garantieren kann, daß ich auch jedesmal eine Flasche Würze verkaufen kann. Mir ist es völlig einerlei, wie sehr die Leute sich Mühe geben, mich nicht einzulassen: zu guter Letzt komme ich doch hinein. Aber eine Schießerei fiele natürlich ein bißchen aus dem Rahmen. Und ich will auch gar nicht so tun, als ob's mir Spaß machen würde. Trotzdem wollte ich gern mitkommen.

»Das Schießen braucht ja nicht einseitig zu bleiben«, sagte ich.

»Nein, nein, da haben wir andere Mittel«, erwiderte Ulton.

Er erzählte mir nichts weiter über seine Pläne, sondern wandte sich an Linley: »Möchten Sie gern mitkommen? Wir fahren morgen nachmittag um halb drei.«

»Auch schon früher, wenn Sie wollen«, sagte Linley.

»Nein«, entgegnete Ulton. »Das Haus liegt auf einem Hügel, und er hat von dort eine zu gute Aussicht.«

Zuerst begriff ich nicht, wieso sich die Aussicht durch unsere frühe oder spätere Ankunft ändern könnte. Doch bald verstand ich, wie dumm das von mir gewesen war. Linley begriff es sofort. Er blickte von mir auf den Inspektor, und ich sah, daß er damit meinte, ob ich auch mitkommen dürfe. »Immerhin«, sagte Ulton. Da merkte ich, daß ich durfte, obschon das Wort nichts weiter bedeutete.

»Sie nehmen also den Zug, und ich treffe Sie irgendwann im Zuge«, sagte Ulton. »Wir lösen bis Arneth. Nehmen Sie lieber Erste Klasse, dann bleiben wir wahrscheinlich für uns.«

»Gut«, sagte Linley. »Übrigens vermute ich, daß er mit all seiner Erfahrung einen Blick für Detektive hat, wie? Meistens erkennt man sie an den Stiefeln, nicht wahr?«

Und er blickte auf Ultons große Stiefel.

»Wir Detektive sind oft groß und schwer und müssen daher große Stiefel tragen!« rechtfertigte sich Ulton.

»Ja, natürlich«, sagte Linley und begleitete ihn bis an die Tür.

Als Inspektor Ulton gegangen war, kam Linley wieder zu mir und fragte: »Sie wollen doch gern mitkommen, Smetters, nicht?«

»Ja«, sagte ich.

Daraufhin trat er an eine Kommode und nahm zwei Revolver aus der Schublade. »Nehmen Sie lieber einen mit«, sagte er. »Aber Vorsicht! Er ist geladen. Und sagen Sie Ulton lieber nicht, daß Sie einen bei sich haben. Denn sonst würde er Sie nur veranlassen, unzählige Formulare auszufüllen oder Sie ins Gefängnis setzen oder sonst etwas mit Ihnen anstellen – bloß, weil Sie im Besitz eines Revolvers sind.«

»Er ist aber so dick«, sagte ich. »Bestimmt wird

der Inspektor sehen, wie sich der Revolver in meiner Tasche abzeichnet!«

»Das schon«, sagte Linley. »Aber deshalb würde er sich doch nicht erkundigen, weshalb Sie eine so dicke Tasche haben. Übrigens habe ich auch für ihn einen. Doch den biete ich ihm erst an, wenn die Sache ein bißchen kitzlig zu werden droht.«

»Hat er denn keinen eigenen bei sich?« fragte ich.

»Sie dürfen eigentlich keinen bei sich haben«, sagte er.

»Das find ich den Verbrechern gegenüber nicht fair«, meinte ich.

»Kann schon sein«, sagte Linley.

Am nächsten Tag fuhren wir also zum King's-Cross-Bahnhof, um den Halb-drei-Uhr-Zug zu nehmen. Ich hatte einen Revolver, und Linley hatte zwei. Als Linley die Fahrkarten löste, sagte uns der Schalterbeamte, daß Sitzplätze für uns reserviert worden seien. Ein Träger begleitete uns an den Wagen, und dort fanden wir die Karten über unseren Plätzen; einer war für ›Mr. Ulton‹, zwei für Mr. und Mrs. Smyth, und der sechste Platz war bereits besetzt. Es sah also doch nicht so aus, als ob wir das Abteil für uns allein haben sollten.

Die Zeit verstrich, und kein Inspektor tauchte auf. Als die Uhr zwei Minuten vor halb drei zeigte, begann ich unruhig zu werden. Was sollten wir anfangen, wenn der Zug sich in Bewegung setzte und wir auf dem Weg nach Yorkshire waren, um ohne Ulton nach einem Verbrecher Ausschau zu halten?

Linley sagte: »Ach, er wird schon kommen.« Aber er kam nicht.

Schließlich rief ich einem Gepäckträger zu, ob er bemerkt habe, daß jemand wie Ulton eingestiegen sei, und beschrieb ihm den Inspektor ausführlich. Und dann beteiligte sich der andere Mitreisende im Abteil auch noch und erkundigte sich nach Einzelheiten, wie unser Freund aussähe. Es war ein Mann mit einem komischen Backenbart, dieser Mitreisende, und einem großen, hängenden Schnauz und eleganten kleinen Lacklederstiefelchen. Er sprach mit einer dünnen, hohen Stimme. Ich beschrieb ihm den Inspektor ziemlich genau als einen starken, glattrasierten, großen Menschen. Und dann fragte er: »Was für Stiefel trägt er?«

»Was für Stiefel?« fragte ich verwundert. »Weshalb?«

»Weil sie einem auf dem Bahnsteig stets auffallen«, sagte er. »Daran kann man jeden erkennen.«

»Oh, er trägt sehr große Stiefel«, sagte ich.

Und das waren sie: sogar mir erschienen sie so. Um so mehr, fand ich, mußten sie diesem kleinen Männchen als groß erscheinen, das zusammengekauert in seiner Ecke saß.

»Aha, ich kenne diese Art Männer«, sagte er mit seiner wunderlichen kleinen Stimme und einem gewissen Akzent, den ich nicht gleich unterbringen konnte. »Ich sah keinen in der Nähe des Abteils, auf den die Beschreibung gepaßt hätte, aber ich will Ihnen gerne helfen, nach ihm Ausschau zu halten.«

»Wir haben nur noch eine Minute Zeit«, sagte ich.

»Er kann ja noch kommen«, meinte er.

Und dann fuhren wir ab.

»Was tun wir jetzt nur?« fragte ich Linley.

»Was hatten Sie und Ihr Freund denn vor, falls ich danach fragen darf?« sagte der Mann in der Ecke, als er meine Bestürzung bemerkte.

»Wir wollten fischen«, erwiderte ich.

»Oh, ein sehr interessanter Sport«, entgegnete er.

»Ja, aber unser Freund hat den Köder, und nun ist er nicht mitgekommen«, erzählte ich ihm.

»Was für Köder benutzen Sie?« fragte er.

»Würmer«, sagte Linley zu meiner größten Überraschung.

Der Mann in der Ecke schien sich nicht darüber zu verwundern. Zu Linley sagte er nichts, aber mich fragte er: »Sind wir uns nicht schon irgendwo begegnet? Mir kommt Ihr Gesicht so bekannt vor!«

»Ich glaube nicht«, entgegnete ich. »Mein Name ist Smetters.«

»Ah so«, sagte er. »Und mein Name ist Ulton.«

»Ulton?« »Aber wohl kaum Inspektor Ulton?«

»Warum denn nicht?« sagte er. »Erkennen Sie mich nicht an meinen Stiefeln?«

Linley lächelte stillvergnügt, als er mich so verwundert sah. Er mußte es also schon vor mir bemerkt haben. Aber nicht sehr lange vor mir, glaube ich. Ich kam mir sehr töricht vor, doch dann hatte ich plötzlich einen glänzenden Einfall. »Sie drükken, was?« fragte ich.

»Oh, nicht der Rede wert«, erwiderte er.

Aber wenn er es auch behauptete, entsprach es doch nicht der Wahrheit.

»Wie wär's, wenn Sie sie hier in der Bahn ausziehen würden?« schlug Linley vor.

»Das ist ein Gedanke!« sagte Ulton.

Und auf der Stelle zog er sich die Stiefel aus und statt dessen ein Paar große Pantoffeln an, die er in einer Aktentasche bei sich hatte. Gleichzeitig mit den Lackstiefeln legte er auch den Akzent und die seltsame Stimme ab, und nun erkannte ich ihn ohne weiteres, sogar trotz des komischen Bartes. Es war lustig mitanzusehen, wie er auf einmal größer wurde: er quoll aus seiner Ecke hervor, wie eine Schnecke, die aus ihrem Häuschen kriecht. Linley holte einen Revolver aus der Tasche und reichte ihn Ulton. »Hab Ihnen einen mitgebracht«, sagte er.

»Haben Sie einen Erlaubnisschein?« fragte Ulton.

»Das nicht«, sagte Linley. »Aber deshalb schießt er doch geradeaus.«

»Eigentlich dürfen wir keinen Revolver haben«, sagte Ulton und ließ ihn in seine Tasche gleiten.

»Wir haben jeder einen«, sagte Linley und deutete auch auf mich.

»Sie werden uns nicht viel nützen«, meinte Ulton. »Er ist besser bewaffnet als wir. Mit den Dingerchen können wir uns keinen Einlaß in sein Haus erzwingen, und wenn wir erst mal drin sind, brauchen wir sie nicht mehr.«

»Warum nicht?« fragte Linley.

Und Inspektor Ulton zog eine Glaskugel von der Größe eines Tennisballs aus der Tasche. Er nahm sie in die linke Hand und holte noch zwei ringsherum mit Gummi eingefaßte Brillen hervor, die man am Hinterkopf mit einem Gummiband befestigen konnte. Er gab Linley und mir eine und sagte: »Wenn so eine Kugel im Zimmer platzt, dann können wir sehen und er nicht.«

»Tränengas?« sagte Linley.

»Richtig«, erwiderte der Inspektor.

Mir aber schien es, daß sowohl die Verbrechen auf dieser Welt wie auch die Hilfsmittel Scotland Yards immer komplizierter werden.

»Die Schwierigkeit besteht einzig darin: wie kommt man in sein Haus?« sagte er.

Sie sprachen also lang und breit darüber und machten tausenderlei Pläne, aber kein einziger schien etwas zu taugen. Ulton besaß einen Grundriß des Hauses, das heißt drei oder vier Skizzen, die er sich vom Wachtmeister in Henby hatte schicken lassen. Und ich hörte immer wieder den Ausspruch: »Aber da kann man von jenem Fenster hinsehen!« Es gab eine Menge Möglichkeiten, in das Haus einzudringen, aber selbst bei ihrem besten Plan hatte es den Anschein, daß wir zwei Leute einbüßen würden, ehe ein dritter ins Haus gelangte.

»Was wollen Sie dann tun?« fragte Linley schließlich.

»Ich werde wohl zur Haustür gehen und läuten müssen!«

»Aber wird er öffnen?« fragte Linley.

»So einer wie der wird schwerlich aufmachen«, meinte der Inspektor.

Und damit saßen sie fest. Deshalb dachte ich, nun sei es an der Zeit, daß ich etwas sagte, obschon sie mich eine ganze Weile überhaupt nicht beachtet hatten.

»Ich kann in jedes Haus eindringen«, sagte ich.

»Sie?« sagte der Inspektor.

»Ja«, erwiderte ich. »Ich reise für Numnumo, eine Würze für Fleisch und Vorspeisen.«

»Aber wie gelangen Sie ins Haus?« fragte er.

»Oh, auf verschiedene Art«, antwortete ich. »Wenn ich nicht in jedes Haus gelangen könnte, hätte es gar keinen Sinn, daß ich für Numnumo reiste.«

»Der Bursche ist aber bestimmt bewaffnet«, meinte Linley, »und wird Sie nicht in seinem Haus haben wollen.«

»Keiner will mich in seinem Haus haben«, entgegnete ich, »mich: einen völlig Unbekannten, der ihnen etwas verkaufen will, was sie gar nicht haben wollen. Trotzdem komme ich hinein.«

»Aber wie?« fragte der Inspektor wieder.

»Na, das ist eben mein Beruf«, sagte ich. »Ebensogut könnte man einen Polizisten fragen, wie er in seine Uniform kommt. Er schlüpft eben rein.«

»Glauben Sie, daß Sie ins Haus kämen?« fragte er.

»Selbstverständlich«, erwiderte ich. »Noch keiner hat mich daran hindern können.«

»Wir könnten's versuchen«, sagte er nachdenklich. »Glauben Sie, daß Sie eine von diesen Glaskugeln fallen lassen könnten, sobald Sie eingetreten sind?«

»Das ist leichter, als Numnumo anzupreisen«, sagte ich.

»Dann versuchen Sie es«, sagte er. »Lassen Sie sie auf eine harte Fläche fallen. Es erfolgt keine Explosion: die Kugel zerbricht einfach. Sobald Sie sie fallen gelassen haben, sieht er Sie nicht mehr. Sie müssen aber die Brille tragen.«

»Meinetwegen«, sagte ich. »Obwohl es die Sache bedeutend erschwert. Meistens mache ich mich so elegant wie möglich, ehe ich ein Haus betrete. Mit solchem Ding im Gesicht wird es viel schwieriger. Aber meinetwegen.«

»Glauben Sie, daß Sie für die Brille einen Grund angeben können?« fragte Ulton.

»Einen Grund!« rief Linley. »Ein Mann, der Gründe für die Notwendigkeit von Numnumo angeben kann, kann alles begründen.«

So hätte ich's zwar nicht ausgedrückt, da man damit die Fabrikanten von Numnumo kränkt; doch war es immerhin die richtige Auffassung.

»Natürlich kann ich das«, sagte ich.

Er gab mir also vier Glaskugeln und riet mir, sie überall fallen zu lassen, wo ich Gelegenheit dazu hatte.

»Ich weiß nicht, wen Sie sonst noch im Haus antreffen«, sagte er. »Entweder noch ein sehr gefährliches oder ein sehr simples Geschöpf.«

Doch entdeckten wir nachher keinen außer ihm.

Wir stiegen also in Arneth aus und nahmen einen Ford und fuhren die vier Meilen nach Henby hinaus. Inzwischen war es dunkel geworden, und mir kam es auf der Fahrt so vor, als ob Ulton und Linley sehr nervös würden, obwohl keiner etwas sagte. Ich selbst fühlte mich pudelwohl, denn die vor mir liegende Aufgabe war gerade das, was ich konnte: in Häuser eindringen. Und nichts gibt einem so viel Genugtuung, als wenn man sein Können andern Leuten vorführen kann, die nichts davon verstehen. Da bekommt man ein richtiges Überlegenheitsgefühl über die andern.

Henby stieg ins Dunkel hinein, immer hügelan, und eine Straße zweigte ab und führte in die Nacht hinaus. Etwa hundert Meter hinter dem letzten Haus an jener Straße lag ganz für sich allein das Haus, dessen Telephonnummer Henby fünfzehn lautete. Wir hielten aber schon lange vorher und legten die letzten paar hundert Meter zu Fuß zurück. Ulton erklärte dem Fahrer, weshalb wir aussteigen und lieber laufen wollten, und mir klang es alles sehr einleuchtend, jedoch gleichzeitig war ich überzeugt, daß der Fahrer kein Wort glaubte, aber auch, daß er sich nicht erklären konnte, was wir im Sinne hatten.

»Jetzt würde ich die Brille aufsetzen«, riet Ulton.

Und sie halfen mir, die Brille zu schließen, solange wir noch außer Sichtweite des Hauses waren. Ulton gab mir eine Pfeife, mit der ich ein Zeichen geben sollte, falls ich Hilfe brauchte. »Wir nähern uns so weit es möglich ist, ohne gesehen zu werden«, sagte er. Doch selbst dann, fand ich, würden sie reichlich spät kommen, wenn ich mir Hilfe heranpfeifen mußte. Vielleicht sah ich ein bißchen verlassen aus, denn Ulton sagte: »Es nützt nichts, wenn wir so nahe ans Haus kommen, daß er uns sieht, denn dann läßt er überhaupt niemand ein. Höchstwahrscheinlich läßt er Sie auch nicht ein! Aber tun Sie, was Sie können!«

»Ich komme schon hinein«, sagte ich. Und damit brach ich auf.

Die Nacht kam mir sehr finster vor, was eigentlich sehr günstig war, nur empfand ich es nicht so. Es schien mir so öde zu sein, und jeder kleine Windstoß, der an mir vorbeiseufzte, machte es noch viel öder. Ich hörte einen Schritt, und ein Mann ging an mir vorüber, der, wie ich wußte, der Dorfwachtmeister war, welcher dem Inspektor Rapport erstatten sollte. Mit dem zusammen waren es also drei Männer, die herbeieilen würden, wenn ich pfiff, doch wurde mir deshalb kein bißchen weniger einsam zumute.

Und dann gelangte ich zu dem Haus: ein Pförtchen und ein Gartenpfad brachten mich durch den Garten und zur Haustür. Ich läutete, bis sich im ersten Stock ein Fenster öffnete – das Fenster eines dunklen Zimmers –, aber ein Gesicht ließ sich nicht blicken.

»Was wollen Sie?« fragte die Stimme.

»Nichts«, sagte ich, »wenn Sie nichts wollen.«

»Was soll das heißen?« fragte die Stimme im dunklen Zimmer.

»Nichts weiter«, antwortete ich, »als daß es etwas gibt, was jedermann haben will.«

»Wie? Was denn?« sagte er.

»Gesundheit«, erwiderte ich. »Und wie können Sie Gesundheit ohne gute Nahrung erlangen? Und wie gute Nahrung ohne eine schmackhafte Würze?«

»Ich kaufe nichts«, sagte er und war schon im Begriff, das Fenster zu schließen.

»Einen Augenblick«, rief ich. »Ich will Ihnen nichts verkaufen. Ich habe hier eine wundervolle Würze für Fleisch und Vorspeisen, aber ich verkaufe sie nicht: ich verschenke sie!«

Das ist ein guter Köder. Wer ein Dutzend Flaschen kauft, bekommt nämlich eine Flasche gratis. Daher sage ich ihnen, daß die eine Flasche gratis ist, und überrede sie hinterher, eine Bestellung auf ein Dutzend Flaschen zu unterschreiben. Und natürlich müssen sie bar bezahlen. Das ist eben das Schwierige: die Bestellung und das Geld zu erhalten. Aber das alles kommt hinterher. Die Gratis-Flasche jedoch verschafft mir Einlaß ins Haus. Und so war es auch hier.

»Was haben *Sie* denn für einen Vorteil davon?« fragte er.

Genügend Interesse, eine Frage zu stellen, versteht ihr?

»Tja, wenn ich's gestehen soll«, sagte ich, »die

Würze wird Ihnen nämlich so gut schmecken, daß Sie mehr bestellen. Und das ist dann mein Vorteil.«

Je mehr ihr darüber nachdenkt, um so mehr werdet ihr einsehen, daß man die Leute damit ködert. Es sieht aus, als ob das Geschäftliche noch gar nicht angefangen hätte, wenn sie bereits so gierig darauf sind, daß sie den Kram nicht mehr entbehren können. Die Menschen sind eben sehr gierig. Da kenne ich mich aus. Und Mörder sind auch bloß Menschen.

»Meinetwegen, dann bringen Sie's!« sagte er brummig.

Und ich und Numnumo betraten das Haus. Er öffnete die Tür und schien ganz allein im Haus zu sein. Eine anständige Mahlzeit oder auch nur die Aussicht darauf mußte für so einen Menschen allerhand bedeuten.

Er führte mich in ein kleines Zimmer gleich neben dem Flur, schaltete das Licht an und setzte sich. »Zeigen Sie mal her«, sagte er.

Ein widerlicher Bursche, wie er da so saß! Keiner, dem man was vormachen kann! Ich will nicht gerade sagen, daß er Gedanken lesen konnte, aber er hatte so was Flinkes im Blick, als ob er, wenn man etwas Schlaues im Sinne hatte, noch viel schlauer und rascher sein könnte. Er hatte einen karottenroten Schnurrbart, der gestutzt war, und saß da und blickte mich an. Ulton und Linley schienen furchtbar weit weg zu sein. Es machte mir nichts aus, ihn mit dem Numnumo-Trick anzuführen, weder ihn noch sonst jemand, denn das war mir zur zweiten Natur geworden und kam mir kaum noch wie ein Trick vor. Aber den Trick zu spielen, den ich jetzt im Sinne hatte, das paßte mir ganz und gar nicht.

»Hier ist Ihre Flasche«, sagte ich und holte Numnumo aus der Tasche. Und ich brachte es fertig, gleichzeitig drei von den Glaskugeln hervorzuholen. »Musterproben«, sagte ich.

Aber er blickte nicht auf das, was ich in der Hand hatte. Er starrte meine Brille mit der Gummi-Einfassung rund um die Gläser an. Ich bemerkte es und erklärte es in aller Eile.

»Bei den von Numnumo aufsteigenden Düften wird Ihnen nicht nur der Mund wässerig«, sagte ich rasch, »sondern auch die Augen gehen Ihnen über.«

Damit wäre natürlich jede Gelegenheit verdorben, Numnumo zu verkaufen: die Leute wollen nicht auf ihre Teller weinen. Doch war es ja hier nicht meine Aufgabe, Numnumo zu verkaufen.

Er ließ die Augen nicht von mir ab. Und dann ließ er eine Hand sinken und zielte langsam mit einem Revolver auf mich.

»Oh!« sagte ich. »Das sollten Sie nicht tun!«

Und ich ließ die drei Kugeln mit Tränengas auf

den Fußboden fallen, und die Flasche Numnumo hinterdrein. Ich entschuldigte mich und wollte mich bücken, wie um Ordnung zu schaffen. Doch da bemerkte ich, daß die Dünste ihn bereits erreicht hatten.

Er stand auf und kam, vor sich hintastend, auf mich zu, um mich zu erschießen. Aber da war es schon zu spät: er sah nichts mehr. Und ich fing an, mich sachte vor ihm zu verdrücken. Er blieb stehen, um zu lauschen, und folgte mit seinem Revolver jedem Geräusch, das er hörte oder zu hören glaubte. Bis er ganz plötzlich einen andern Einfall hatte und sich die Kugel durch den Kopf jagte.

LINLEY IST GROSSARTIG

Ja«, sagte Smetters, »Mr. Linley ist großartig!« Smetters wurde von einem Reporter vom ›Tagesgerücht‹ interviewt, der weit lieber Linley persönlich interviewt hätte. Aber Linley wollte nichts von sich erzählen, deshalb waren sie zu Smetters gegangen.

»Wie ich höre, lebten Sie in der gleichen Wohnung mit ihm«, sagte der Journalist.

»Ja, stimmt«, sagte Smetters, »ein paar Jahre lang.«

»Und welches war der interessanteste Fall, an dem er sich beteiligt hat?« fragte der Reporter, ein junger Mann namens Ribbert.

»Das könnte ich gar nicht sagen«, antwortete Smetters. »Ich habe so viele miterlebt.«

»Von einigen haben Sie uns schon erzählt«, bemerkte der Reporter.

»Ja, allerdings«, sagte Smetters.

»Kennen Sie andere, die Sie uns noch nicht erzählt haben?« fragte der Reporter.

»O doch«, erwiderte Smetters. »Da war zum Beispiel die Sache mit Mr. Ebright, der durch einen Fernruf in ein leeres Haus gelockt und dort ermordet wurde. Vor dem Krieg konnte man noch, wenn man danach suchte, ein leeres Haus finden, und der Mann war durch ein Hoffenster eingedrungen, hatte Mr. Ebright irgendwie hingelockt und wartete auf ihn. Sie erinnern sich wohl an den Fall?«

»Ja, ich glaube«, erwiderte der Reporter.

»Sie fanden keine Anhaltspunkte«, fuhr Smetters fort, »keinerlei Anhaltspunkte; nicht das, was man sonst als Anhaltspunkte zu bezeichnen pflegt. Und das führte den Detektiv, der mit dem Fall beauftragt war, zu Mr. Linley, und es wurde gewissermaßen die großartigste Arbeit, die er je geleistet hat. Der Detektiv meinte, Mr. Linley könne ihm helfen, denn es war Inspektor Ulton, dem Mr. Linley schon früher geholfen hatte. Ich war gerade da, als Inspektor Ulton in die Wohnung kam, und nachdem sie sich begrüßt hatten, sagt er zu Mr. Linley: ›Ich habe da einen Fall, der ziemlich rätselhaft ist, und wir dachten, daß Sie vielleicht einen Einfall haben könnten, der uns weiterhilft.‹

›Erzählen Sie mir die Tatsachen‹, sagt Linley.

›Tatsachen sind kaum vorhanden‹, antwortet der Inspektor. ›Es handelt sich um einen Mord.‹

Ich war überrascht, ihn das sagen zu hören, denn ›Mord‹ ist ein Wort, das der Inspektor nie gern in den Mund zu nehmen schien. Doch diesmal benutzte er es. ›Er ist mit einem Hammer oder einem ähnli-

chen Gegenstand umgebracht worden‹, sagte der Inspektor. ›Sein Schädel war eingeschlagen, und der Hammer oder was es sonst gewesen sein mag, war an einem Stück Zeitungspapier abgeputzt worden. Die Leiche wurde erst zwei Tage später entdeckt, so daß der Mörder reichlich Vorsprung hat. Wir wissen, daß es vorsätzlicher Mord ist, weil sich im ganzen Haus keine Fingerabdrücke befinden, nur die des Ermordeten. Und das bedeutet, daß der Mörder die ganze Zeit über Handschuhe getragen haben muß, sogar, als er ein Kreuzworträtsel löste, und das Kreuzworträtsel ist – außer dem blutigen Stück Zeitungspapier – der einzige Gegenstand in dem Zimmer, in welchem der Tote lag: einem leeren Zimmer in einem unbewohnten Haus in einer kleinen Seitenstraße in der Nähe von Sydenham.‹

›Wieso wissen Sie, daß er es war, der das Kreuzworträtsel löste?‹ fragte Mr. Linley.

›Weil er es getan haben muß, während er auf Mr. Ebrights Kommen wartete‹, entgegnete der Inspektor. ›Und er mußte ja als erster dort sein, damit er den andern ins Haus lassen konnte.‹

›Ja, richtig‹, sagte Mr. Linley. ›Könnten Sie mir bitte das Kreuzworträtsel zeigen?‹

›Es ist ein ganz gewöhnliches Kreuzworträtsel‹, sagte Inspektor Ulton, ›und alle Buchstaben sind groß geschrieben, so daß man keinen Anhaltspunkt wegen seiner Schrift hat.‹

›Trotzdem würde ich gern einen Blick darauf werfen‹, sagte Mr. Linley.

Und Inspektor Ulton holt einen Briefumschlag aus der Tasche und zieht ein zerrissenes Blatt Zeitungspapier hervor. ›Da ist es‹, sagt er. ›Es ist auf Fingerabdrücke hin untersucht worden, aber es fanden sich keine.‹

Und da war nun das Kreuzworträtsel, und fast alle Fächer waren ausgefüllt worden.

›Er muß lange auf sein Opfer gewartet haben‹, sagt Mr. Linley.

›Das dachten wir auch‹, erwidert Inspektor Ulton, ›aber es hilft uns nicht weiter.‹

›Aber das Kreuzworträtsel wird uns weiterhelfen‹, sagt Mr. Linley.

›Das Kreuzworträtsel?‹ ruft der Inspektor und sieht ein bißchen verdutzt aus.

›Ich glaube schon‹, sagt Mr. Linley. ›Lassen Sie mich's mal betrachten! Doch – ich glaube schon!‹

Und er betrachtet es sehr lange. Und dann sagt er zu Inspektor Ulton: ›Wer hat's getan?‹ Was mir damals merkwürdig vorkam. Doch erklärte er mir hinterher, daß sie in Scotland Yard meistens wissen, wer einen Mord begangen hat, was sie aber nicht wissen, ist: wie sie es ihm beweisen sollen. Inspektor Ulton sagte jedoch nur: ›Wir kennen ihn nicht.‹

Und dann fragte Mr. Linley: ›Und das Motiv zu der Tat?‹

›Oh‹, sagte Inspektor Ulton, ›wenn ich Ihnen *das* sagen könnte, brauchten wir Sie nicht zu belästigen. Das Motiv würde uns wie eine Fußspur zu dem Täter hinführen. Aber es sind weder Anhaltspunkte noch Motiv vorhanden, oder jedenfalls sind wir noch nicht darauf gestoßen.‹

Und Mr. Linley studiert immer noch an dem Kreuzworträtsel herum, bis Inspektor Ulton ihn fragt: ›Was ersehen Sie daraus?‹

›Es war ein Freund von ihm‹, erwidert Mr. Linley. Und das war wohl kaum die richtige Bezeichnung für einen, der ihn ermordet hatte. Aber das war nun mal Mr. Linleys Art, sich auszudrücken.

›Ein Freund?‹ war alles, was Inspektor Ulton hervorbrachte.

›Jemand aus seinem Bekanntenkreis‹, sagt Mr.

Linley. ›Sonst hätte er ihn nicht in das leere Haus bitten können.‹

Doch das half uns nicht weiter. Denn Inspektor Ulton sagte: ›Daran haben wir auch schon gedacht, und wir haben uns die Liste all seiner Bekannten sehr eingehend vorgenommen. Das Dumme an der Sache ist nur, daß er deren fünfundsiebzig hat. Einer von denen muß es sein, wie Sie selbst sagten. Aber wir können nicht gut fünfundsiebzig Männer vor Gericht bringen.‹

›Nein‹, sagte Mr. Linley, ›für so viele ist die Anklagebank zu klein.‹

Doch man konnte es dem Inspektor ansehen, daß ihm nicht zum Witzeln zumute war. Und dann fuhr Mr. Linley fort: ›Ich glaube aber, daß ich die Zahl ein wenig herabsetzen kann. Erstens mal hat er einen von diesen modernen Füllhaltern, mit denen man wochenlang schreiben kann, ohne sie nachfüllen zu müssen. So einen hat nicht gerade jedermann. Damit wird Ihre Liste schon um zwei oder drei kürzer. Und dann hat er ihn um die Zeit der Ermordung zum Nachfüllen fortgeschickt, was die Liste, wenn Sie dieser Spur nachgehen, ganz beträchtlich kürzen würde.‹

Ich begriff, daß er es bis hierher aus dem Kreuzworträtsel geschlossen hatte. Doch von da an kam mir alles wie die reinste Hexerei vor, denn er fuhr nämlich fort: ›Es ist ein Mann, der einen Garten hat.

Ja, ich möchte sagen, einen recht netten Garten. Und er bewegt sich unter Schachspielern, obwohl er nicht selbst Schach spielt. Und er ist nicht ungebildet, doch war er nie in Eton oder einer ähnlichen Schule. Und er hat ein Gewehr und lebt wahrscheinlich in der Nähe eines Flusses oder Sumpfes.‹

›Augenblick mal, Augenblick mal‹, ruft Inspektor Ulton. ›Woher wissen Sie denn das alles?‹

›Noch etwas!‹ sagt Mr. Linley. ›Er versteht etwas von Geologie.‹

Und die ganze Zeit hielt er das Fetzchen Papier in der Hand und blickte hin und wieder auf das Kreuzworträtsel. Ich konnte es einfach nicht begreifen. Und ich glaube, Inspektor Ulton auch nicht. Doch nun fing Mr. Linley an, es uns zu erklären.

›Wir beginnen also mit seinen fünfundsiebzig Freunden, weil es sich nicht um einen Gelegenheitsdieb handelt, der ihn überfallen will. Denn man trifft sich nicht mit einem Wildfremden und trägt wertvolle Schmucksachen, und ebensowenig hat man Geld bei sich – ausgenommen, wenn es sich um einen Fall von Erpressung handelt. Doch wenn er im Begriff ist, erpreßtes Geld zu zahlen, dann besteht für den andern kein Anlaß, ihn zu ermorden. Nein, es muß einer von Ihren Fünfundsiebzig gewesen sein. Und sehen Sie den Strich seiner Füllfeder?‹

›Ja, den seh ich‹, sagte Inspektor Ulton.

›Dann sehen Sie auch, wie er beim dritten Wort blasser wird und das vierte kaum noch leserlich ist. Daher gab der Schreiber es auf, ihn noch länger zu benutzen, und schrieb mit dem Bleistift weiter.‹

›Ja, das sehe ich ebenfalls‹, sagte der Inspektor.

›Schön‹, sagte Mr. Linley, ›und nun gibt es in jedem Kreuzworträtsel Wörter, die man mittels der bereits erratenen Wörter leichter herausfindet. Sehen Sie sich das hier an, Herr Inspektor! Die ersten beiden Fragen, an die er sich heranmachte, und die durchaus nicht etwa Nummer Eins und Zwei sind, lauten: Vier von zweiunddreißig, und eine Art Entenvogel. Das sind also die beiden, die er sich zuerst aussuchte. Und er trägt ein: Turm und Löffelente.‹

›Turm?‹ fragt der Inspektor. ›Und Löffelente?‹

›Die Löffelente ist ein Vogel, der nur wenig bekannt ist, höchstens bei Männern, die auf die Entenjagd gehen, und nicht einmal immer, höchstens, wenn sie in der Nähe von sumpfigen Stellen wohnen, wo die Löffelente sich ihre Nahrung sucht. – Und Turm bezieht sich hier aufs Schachspiel: vier Türme bei zweiunddreißig Figuren. Aber wenn er auch gleich zu Anfang darauf gekommen ist, hat er doch eine sehr leichte Frage nicht beantworten können, nämlich: Beginnt nur auf ihrer Farbe. Für jeden Schachspieler ist das so simpel, daß ihm sofort eingefallen wäre, damit ist die Königin gemeint. Daher kann er nicht selber ein Schachspieler sein.‹

›Aha!‹ sagt der Inspektor.

›Und das dritte Wort, das er sich wählt, ist: Londoner Kies- und Lehmboden. Dafür schreibt er Eozän. Das ist durchaus richtig. Aber nicht jedermann weiß es, und es deutet auf Kenntnisse in der Geologie hin. Und nun kommen wir zu seiner vierten Lösung, als die Füllfeder den letzten Seufzer tat. Die Frage lautet: Klassische Zierde des Gewächshauses. Und das weiß er sofort, und ohne daß ihm irgendwelche Buchstaben zu Hilfe kommen. Deshalb behaupte ich, daß er nicht ungebildet ist, denn um den Ausdruck sogleich zu verstehen, muß er Horaz kennen und auch mit Gewächshäusern Bescheid wissen, und zwar mit gut gepflegten, was ihn zu einem recht ordentlichen Gärtner macht. Das Wort, das er eingetragen hat, soweit es bei seinem versagenden Füller noch möglich war, lautet Amaryllis.‹

›Ja, da wird die Liste ganz bedeutend kürzer‹, sagt der Inspektor.

›Jawohl‹, sagt Mr. Linley. ›Es handelt sich also um einen Sportfreund von Mr. Ebright – falls man das Wort sportlich in diesem Zusammenhang gebrauchen will –, um einen Mann, der einen hübschen Garten hat und entweder etwas von Geologie versteht oder selbst auf solchem Boden wohnt und daher den Fachnamen kennt; und außerdem ist er gebildet. Nun mögen sich unter Mr. Ebrights Freunden mehrere befinden, die in Eton, Winchester oder Harrow zur Schule gegangen sind – doch von all denen müssen Sie absehen, weil sich da eine auffällige Lücke im Kreuzworträtsel zeigt. Sehen Sie, hier unten: Nummer neun! Da heißt es: Lang, kurz, kurz. Wenn er das nicht gewußt hat, ist er bestimmt nie in Eton gewesen. Die einfache Lösung lautet: Daktylus. Einfach für jeden, der mit lateinischen Versfüßen zu tun gehabt hat. Das Fehlen dieser Antwort sollte wiederum eine ganze Menge von seinen Freunden ausschließen.‹

Hier mischte ich mich mit einem Einfall ein. ›Könnte es nicht sein, daß Mr. Ebright kam und ihn unterbrach, ehe er mit dem Kreuzworträtsel fertig war?‹

›Das hätte sein können‹, erwiderte Mr. Linley, ›aber bis auf drei oder vier hatte er alle gelöst, und man hätte annehmen können, daß die Nummer Neun eine der allerersten Fragen gewesen wäre, die er gelöst hätte, weil sie so sehr leicht ist. Es ist eine sehr merkwürdige Lücke, diese Lücke im Kreuzworträtsel und in seiner Bildung.‹

›Jedenfalls finde ich, daß Sie uns großartig weitergeholfen haben‹, sagte Inspektor Ulton.

›Ich glaube, wir dürfen seinen Neigungen noch

ein wenig weiter nachgehen‹, fuhr Mr. Linley fort, ›obwohl es nun nicht mehr ganz so leicht ist. Er benutzte jetzt einen weichen Bleistift, der bald stumpf wurde. Wir können gewisse Kenntnisse in der Entomologie bei ihm voraussetzen, denn hier beantwortet er eine Frage, solange sein Bleistift noch scharf war, und ohne Hilfe von andern Buchstaben aus den Querreihen, denn die sind bereits verschwommener, und er drückte den Bleistift stärker auf.‹

Und Mr. Linley zeigte uns das Wort ›Vanessa‹, und die Frage lautete: Familie der Pfauenaugen.

›Mit einem Vergrößerungsglas‹, fuhr Mr. Linley fort, ›könnten wir noch mehr entdecken. Aber vielleicht haben Sie genug Material, wenn Sie wissen, daß der Mörder ein Mann ist, der Mr. Ebright gut kannte, einen Garten besitzt, eine gute Erziehung genossen hat, jedoch nicht in Eton, der geologische Kenntnisse hat oder zumindest auf Londoner Eozän-Boden wohnt, der mit Schachspielern verkehrt, aber nicht selbst spielt, und der irgendwann einmal in seinem Leben Schmetterlinge gesammelt hat. Wenn Sie ihn mit Hilfe dieser Anhaltspunkte noch nicht haargenau ermitteln können, so werden doch wenigstens die meisten auf Ihrer Liste vom Verdacht befreit.‹

Und tatsächlich, so war es. Etwa die Hälfte der Fünfundsiebzig besaß einen Garten. Nur zwanzig von diesen waren humanistisch gebildet, und von diesen zwanzig waren fünf in Eton gewesen. Von den verbleibenden fünfzehn wußten nur etwa ein halbes Dutzend etwas von Geologie, und nur zwei von denen hatten jemals Schmetterlinge gesammelt, und einer von den beiden hatte zwei Neffen, die während ihrer Ferien öfters bei ihm zu Besuch waren und gut Schach spielten. Und er selbst spielte nicht Schach.

All das wurde von Inspektor Ulton und den Beamten Scotland Yards ermittelt, und es war eine hübsche Leistung. Und sie fanden sogar heraus, daß dieser eine seine Füllfeder zum Nachfüllen eingeschickt hatte. Und sie verhafteten ihn, und er wurde vor Gericht gebracht. Aber die Geschworenen meinten, man könne nur auf Grund eines Kreuzworträtsels einen Mann eigentlich nicht hängen, und deshalb lautete ihr Spruch: Nicht schuldig!«

»Dann läuft er also immer noch frei herum?« fragte der Reporter.

»Ja – nach dem, was wir zuletzt von ihm hörten«, sagte Smetters. »Aber ich glaube nicht, daß er jetzt noch gefährlich ist. Es ging ihm beinah an den Kragen, und er hat einen gehörigen Schreck bekommen, und deshalb glaube ich nicht, daß er's nochmal riskieren wird. Denn Mr. Linley hat ihn ja beinah erwischt.«

DA HAT'S GESCHNAPPT

Eine wunderliche Welt war das vor dem Krieg, oder sonst ist's heute eine wunderliche Welt: jedenfalls scheint's nicht die gleiche Welt zu sein. Ich mußte neulich an die alte Welt um 1930 denken, als ich rein zufällig in die Gegend geriet, in der unsere alte Wohnung lag, Mr. Linleys und meine, und da mußte ich eben drüber nachdenken, und auch über die Tage, die ich dort verbracht habe, und über alles, was ich Mr. Linley damals hab tun sehen. Jetzt ist's weiter nichts als eine Lücke zwischen zwei Häusern, aber ich mußte doch an die alten Tage denken. Er war klug, der Mr. Linley. Und ist's noch immer – wenn ich ihn auch heutzutage nicht mehr so oft sehe. Aber gleich nach dem Kriege, gleich nachdem ich entlassen war, da hab ich also fabelhaftes Glück gehabt. Mr. Linley bat mich, mal wieder vorbeizukommen und ihn zu besuchen. Er hatte die Adresse von meinem möblierten Zimmer und telephonierte mir und bat mich, mal vorbeizukommen, in die neue Wohnung, die er jetzt hat, und mit ihm zu plaudern. Vielleicht war's bloß Glück, oder sonst hatte er vielleicht schon einen Anruf von Scotland Yard und wußte, daß der Inspektor kommen wollte, und gab mir nun Gelegenheit, den Schluß der langen Geschichte zu erleben. Was es war, weiß ich nicht, aber so war er nun mal: machte so allerhand, von dem er wußte, daß man sich darüber freut – obwohl er nicht die geringste Veranlassung hatte, mir Freude machen zu müssen.

Jedenfalls ging ich also hin, und ich war noch keine Stunde da und hatte von den alten Zeiten gesprochen, als auch schon der Inspektor so ganz zufällig vorbeikommt und wie nebenbei fragt, ob es Mr. Linley interessieren würde, allerlei Neues zu hören, was sie in Scotland Yard jetzt gerade treiben, als ob's was wäre, worauf es überhaupt nicht ankommt, sondern bloß unterhaltsam anzuhören sei. Aber vom ersten Augenblick an, wo er sprach, kam's mir so vor, als hätte er was auf dem Herzen, wo er nicht mit zu Rande kam: irgendwas, womit die im Yard nicht fertig wurden und wo er nun versuchen wollte, sich Hilfe bei Mr. Linley zu holen. Und ich sage euch, ich hatte recht! Genau deshalb war er gekommen!

Ja, hat Mr. Linley erwidert, er würde gern ein bißchen plaudern und würde sich gern anhören, was sie so treiben. Der Inspektor setzt sich also hin, und sie plauderten, das heißt, der Inspektor tat's.

Inspektor Ulton erzählt also von einem neuen grausigen Mord, diesmal war's in einem kleinen Haus in der Vorstadt passiert. Ein Mann hatte seine

Frau ermordet und war verschwunden, und sie konnten ihn nicht hängen, weil sie ihn nicht fanden. Glaubt ja nicht, daß der Inspektor es so ausgedrückt hat – aber so hat er's gemeint. Eine Frau wurde vermißt, sagte er, und die Polizei sei scharf darauf, ihren Mann zu vernehmen, denn sie glaubten, er könne ihnen einen Fingerzeig geben, wo sie sich aufhält. Er zeigte Mr. Linley eine Photographie von dem Mann, den sie suchen, und sagte, es würde ihn vielleicht interessieren, sich mit dem Fall ein bißchen zu befassen, ehe die Leute von Scotland Yard den Mann finden, was schon nach sehr wenigen Tagen der Fall sein würde. Und Mr. Linley schaut sich das Bild an und sagt: »Ein sehr schwieriger Fall!«

»Hm«, sagt Inspektor Ulton, »der Fall ist nicht so ganz einfach, aber das kann man nicht von der Photographie absehen!«

»Doch«, sagt Mr. Linley. »Ich schon.«

»Aber es ist ein ziemlich auffälliges Gesicht«, sagt der Inspektor.

»Nein«, sagt Mr. Linley, »nicht ziemlich auffällig. Es ist äußerst auffällig! Ganz erstaunlich auffällig! Sehen Sie sich doch nur das Profil an! Und ein Meter zweiundachzig groß, wie es hier unten geschrieben steht. Der Mann kann nicht unter dreihundert andern auf der Straße gehen, ohne Aufsehen zu erregen.«

»Sehr richtig«, sagt der Inspektor.

»Und trotzdem können Sie ihn nicht finden«, sagt Mr. Linley.

»Wir haben ihn noch nicht gefunden«, sagt Inspektor Ulton, »aber wir suchen erst seit zehn Tagen.«

»Sie hätten ihn schon am allerersten Tag finden müssen«, sagt Mr. Linley, »mit so einem Profil!«

»Wie lautet dann Ihre Theorie?« sagt der Inspektor.

»Daß es ein schwieriger Fall ist«, sagt Linley. »Wir müssen eben ein bißchen nachdenken, oder vielmehr, recht tüchtig nachdenken, denn wenn man so einen Mann mit so einem Gesicht nicht in den ersten zwölf Stunden findet, dann ist es, oberflächlich betrachtet, ein schwieriges Problem.«

»Ich glaube, ich kann Ihnen nicht ganz folgen, Sir«, sagte Inspektor Ulton – und ich meinerseits konnt's auch nicht, bis Linley wieder zu sprechen begann.

»Jedes wirklich gute Rätsel«, sagte er, »jedes wirklich schwierige Problem hat seine zwei Seiten, die ganz typisch sind.«

»Nämlich?« sagt Inspektor Ulton.

»Die eine Seite: daß es lächerlich leicht zu sein scheint.«

»Und die andre?« fragt Inspektor Ulton.

»Daß man's nicht lösen kann!« sagt Mr. Linley.

»Na, das möchte ich nun aber doch nicht sagen!« rief Inspektor Ulton.

»Natürlich nicht«, sagt Mr. Linley. »Ich meine auch nur, daß Sie's noch nicht gelöst haben.«

Und nun wurde er deutlicher.

»Wenn Sie es noch nicht gelöst haben«, fuhr er fort, »dann muß eine große Schwierigkeit dahinterstecken, und das ist das erste, was Sie herausfinden müssen: die Schlüsselstellung.«

Und jetzt sah ich, wie der Inspektor merkte, daß Linley mit Überlegung sprach.

»Und was glauben Sie, Sir, was das ist?« fragte er.

»Ich glaube, daß er sein Gesicht vollständig verändert hat«, sagt Linley. »Wenn Sie ihn nicht finden können, dann muß er, glaube ich, vollkommen unkenntlich sein. So was läßt sich machen. Und während er es vornahm, hat er vielleicht auch seine Größe verändert.«

»Seine Größe?« staunte der Inspektor.

»Ja, sogar die Größe!« sagt Linley. »Man hört doch öfters von Leuten, deren Bein zwei Zentimeter kürzer geworden ist, wenn sie sich's bei einem Unfall gebrochen haben. Und alles, was so ein Unfall anrichten kann, kann die Wissenschaft noch viel besser tun. Und die Wissenschaft ist nicht immer bloß auf der Seite der Rechtschaffenen. Und wir müssen damit rechnen, daß sie's auch andersherum fertig bringt: daß sie einen Menschen auch größer machen kann.«

»Größer?« sagt der Inspektor.

»Sie könnte es wohl«, sagt Linley, »doch könnte da wohl auch ein Schuhmacher alles Erforderliche machen. Hohe Absätze lassen sich dadurch verstecken, daß man das Leder drüberzieht. Wenn man nun aber die Größe in jeder Richtung um zwei Zentimeter ändern kann, dann ist das Größenmaß keine besondere Identifizierung. Dieser Spielraum von vier Zentimetern bringt zwei weitere Millionen Menschen hinzu.«

»Und Sie glauben, das Gesicht wurde verändert?«

»Muß wohl sein«, meinte Linley, »sonst hätten Sie ihn mittlerweile gefunden. Kann er vielleicht ins Ausland entflohen sein?«

»Nein«, sagte der Inspektor. »In der letzten Woche ist keiner ausgereist, über den wir nicht alles wissen oder den wir nicht identifizieren konnten.«

»Das dachte ich mir«, sagte Linley. »Und verstecken tut er sich nicht?«

»Ich glaub's kaum«, sagt der Inspektor. »Wir haben ziemlich gründlich nach ihm gesucht.«

»Ja, das haben Sie natürlich getan«, meinte Linley.

»Aber wer kann ihm denn sein Äußeres derartig verändern?« fragte Inspektor Ulton.

»Die medizinische Wissenschaft kann das – und noch sehr viel mehr«, erwiderte Linley.

»Ja, bei rechtschaffenen Leuten«, sagte Inspektor Ulton. »Gesichter von verwundeten Soldaten!«

»Sogar das Gesetz verteidigt einen Verbrecher«, sagt Linley.

»Einen nicht überführten Verbrecher, meinen Sie«, sagt der Inspektor.

»Sehr richtig«, sagte Linley. »Und da werden doch sicher die Ärzte hin und wieder einem helfen. Und dann kommt dazu, daß die rechtschaffenen Leute recht ordentlich zahlen mögen, doch das ist nichts im Vergleich zu dem, was ein nicht überführter Verbrecher zahlt. Denen zu helfen, ist eine große Verlockung.«

»Ich verstehe«, sagte der Inspektor.

»Erzählen Sie mir mehr Einzelheiten«, bat Linley.

»Es handelt sich also um eine Frau«, sagte der Inspektor, »die vollständig beseitigt wurde, die jedenfalls vollständig verschwunden ist. Genau wie das, worüber wir uns schon mal unterhielten. Und der Mann . . .«

»Sie wollen doch nicht etwa sagen . . .«, ruft Linley.

»Doch«, sagte der Inspektor.

Und danach konnt ich irgendwie erraten, was sie meinten, obwohl's nicht gerade sehr aufschlußreich war. Und ich platze los: »'s ist der Steeger, der wieder mordet!«

»Also bitte«, widerspricht der Inspektor, »kein Mensch hat was von Mord gesagt, und keiner hat

Mr. Steeger oder sonst jemand beschuldigt, und ich möchte Ihnen raten, vorsichtiger mit Ihren Worten zu sein.«

»Meinetwegen«, entgegnete ich, »ich werd kein Wort mehr sagen, bis Sie Steeger gehängt haben. Und offengestanden finde ich, daß es höchste Zeit wird.« Denn ich hab einfach nicht über die gräßliche Sache in Unge hinwegkommen können.

Und was meint ihr, was der Inspektor macht? Tut so, als ob er mich nicht gehört hat. Von da an sprachen sie ziemlich leise miteinander, wenigstens der Inspektor tat's, und Mr. Linley paßte sich ihm allmählich an, so daß ich nicht viel verstanden habe. Was ich aber verstanden habe, das ging ungefähr so. Dieser Steeger hatte unter einem andern Namen (er nannte sich jetzt Alnut) eine Frau geheiratet. Natürlich hatte sie etwas Geld: er schätzte es, wenn sie Geld hatten. Sie lebten ganz für sich in einem kleinen Haus. Sie kochte das Essen, und zum Putzen kam dann und wann eine Frau. Und eines Tages, ich hörte nicht, wann, war Mrs. Alnut spurlos verschwunden, genau wie damals Nancy Elth. Und Steeger, das heißt Alnut, besaß einen großen Polizeihund. Inspektor Ulton wollte nicht behaupten, daß Steeger gemordet hatte, und er wollte nicht sagen, wofür er sich den Hund hielt, sie wollten nur Mr. Alnut vernehmen, für den Fall, daß er ihnen einen Hinweis über den gegenwärtigen Aufenthalt von Mrs. Alnut geben könnte; und kein Wort über den Hund. Das heißt, nicht zu mir. Ich hörte nämlich, wie Mr. Linley zu ihm sagte: »Und wie hat er sich diesmal der Leiche entledigt?« Und Inspektor Ulton sagte: »Er hat ja den Hund.« Aber das sollte ich eigentlich nicht hören.

Vielleicht sollte ich euch Mr. Linleys Schlußfolgerung zuallerletzt erzählen, nachdem ihr Zeit genug hattet, um zu raten, wie Steeger sich versteckt hatte oder sogar, daß es überhaupt Steeger war. Aber ich erzähle einfach, was ich gehört hab, und genau so, wie ich's gehört hab. Ich muß schon sagen, ich finde es mächtig gescheit von Mr. Linley, herauszubekommen, daß Steeger sich sein Gesicht verändert hat, und er war ja auch immer gescheit, einerlei, was er machte. Nur schien es nicht viel zu nützen, weil es bei der Suche nach Steeger nicht viel zu helfen schien, wenn man sagte, er sähe nicht wie Steeger, sondern wie jemand anders aus, wenn man nicht sagen konnte, wer der andere war. Und ich glaube, dieser Ansicht war eben Inspektor Ulton, wenn ich danach gehe, was für ein Gesicht er gemacht hat (denn was er sagte, konnt ich nicht immer verstehen). Er bewundert Mr. Linleys Klugheit nicht so, wie ich es tue – höchstens, wenn sie ihm was nützt. Er will bloß wissen, wo Mr. Alnut ist und wann sie ihn in Scotland Yard über den gegenwärtigen Aufenthalt von Mrs. Alnut vernehmen können. Und gerade das kann Linley ihm nicht sagen. Und er kann's auch nicht allein herausfinden: ich sah's sofort an seiner Miene. Ganz sorgenschwer sah er aus.

Und hier ist nun das Rätsel, wie ich's sehe: Steeger hat seinen Namen geändert und ein Mädchen mit etwas Geld geheiratet, ein paar Monate lang in einem kleinen Vorstadt-Haus mit ihr gelebt, sie dann ermordet und von dem Hund auffressen lassen. Und während er das alles macht, ändert er sein Gesicht. Wahrscheinlich läuft er mit einem Verband rum und sagt, er hätt einen Unfall gehabt, damit er's allmählich zuwege bringt. Aber das ist nur meine Vermutung, weil ich über die Daten nicht viel hören konnte. Und dann sagt der Inspektor: »Wie sollen wir ihn finden?« Und Mr. Linley schaut aus dem Fenster und sagt: »Von den da unten Vorbeigehenden könnte es jeder sein, der zwischen ein Meter sechsundsiebzig und ein Meter vierundachzig mißt.«

»Schlimm«, sagte der Inspektor.

Und plötzlich hat Mr. Linley einen Einfall. Ich sehe, wie er ihm kommt, weil sein Gesicht sich auf einmal erhellt. »Wir bekommen ihn!« sagt er.

»Und wie sollen wir das anstellen?« fragte der Inspektor.

»Wir gehen nach dem Bahnhof Charing Cross«,

sagt Linley. »Es heißt doch, daß im Laufe eines Jahres jeder Mensch mal dort durchgeht. Und wir können dort ein Jahr lang warten, falls es nötig ist.«

»Aber was nützt uns das, wenn wir ihn nicht erkennen können, falls er dann kommt?« fragt Inspektor Ulton.

»Darüber brauchen Sie sich keine Sorgen zu machen«, sagt Linley. »Wir erkennen ihn schon!«

Es war das einzige Mal, daß Mr. Linley mich nicht ins Vertrauen zog. Aber er sprach mit ganz leiser Stimme, und hinterher entschuldigte er sich bei mir. Er sagte, wenn er's nicht vor jedermann geheim hielte (Inspektor Ulton ausgenommen), dann könnte es rauskommen und Steeger zu Ohren gelangen, wie solche Geheimnisse immer mal rauskommen und an den Verkehrten gelangen, und dann würde er nie kommen. Aber er sagte, ich dürfte nach dem Charing Cross Bahnhof gehen und aufpassen, wenn ich wollte. Eines Tages würde Steeger kommen, und dann war ich vielleicht auch gerade da, falls ich Glück hatte. Das verblüffte mich ein bißchen. Weshalb verriet er mir, wo Steeger abgefaßt werden sollte, wenn sie mir doch nicht zutrauten, daß ich's bei mir behalten würde? Ich erkundigte mich eines Tages darüber bei Mr. Linley. Und er sagte, es sei einerlei, ob Steeger wüßte, wo sie auf ihn lauern. Er wußte ohnehin, daß bestimmt ein Detektiv auf dem Bahnhof stehen würde. Aber wenn es zutraf, daß Steeger sein Gesicht ebenso wie seinen Namen geändert hatte, dann würde Steeger damit rechnen, daß er nicht erkannt würde, einerlei, wohin er auch ging, und vermutlich würde er ganz dreist an ihnen vorbeigehen, wie er's wohl auch schon getan hatte.

Aber sie würden ihn erwischen. Und da ich nun schon seit einiger Zeit von ihm gehört hatte, wollte ich's gerne mitansehen. Und es sollte eines Tages auf dem Bahnhof Charing Cross passieren. Schön, und da bin ich also von da an jeden Tag hingegangen und hab jedesmal Stunden dort zugebracht und eine Menge Leute gesehen, und mit der Zeit kannte ich eine ganze Menge vom Sehen, regelmäßige Passanten, die immer den gleichen Zug benutzten, ausgenommen natürlich am Samstag. Und zwischen allen, so gut ich sie allmählich auch kennen mochte, war immer ein dünnes Rinnsal neuer Gesichter, solche, die ich nie gesehen hatte und nie wiedersah. Ich will nicht behaupten, daß ich alle Menschen von der Welt sah, aber jedenfalls eine gehörige Menge. Manchmal hab ich Linley dort gesehen, meistens aber nicht. Und Inspektor Ulton hab ich nie gesehen, oder jedenfalls nicht so, daß ich ihn erkennen konnte. Und dann war auch ein alter zottiger, stummelschwänziger Hund da, der trug eine Sammelbüchse auf dem Rücken. Was für eine Rasse, das könnt ich nicht sagen. Hab noch nie so einen Hund gesehn. Komisch, dacht ich, einen Hund zu benutzen, anstatt die Sammelbüchse an die Wand zu hängen. Aber dort hätte man sie vielleicht nicht so gut gesehen. Wenn ich euch von all den Menschen erzählen sollte, die ich gesehen hab, dann würde meine Geschichte zu lang werden. Und wenn ich euch sagen würde, wieviel an einem einzigen Tag allein da durchkamen, dann würdet ihr mir nicht mehr glauben. Und ich dachte so bei mir: ›Jeder bleibt stehen und betrachtet sich den stummelschwänzigen Hund, deshalb werd ich mal hübsch in seiner Nähe bleiben.‹ Und überhaupt wurde der Hund immer dorthin geführt, wo die meisten Leute waren. Ist ja selbstverständlich. Das nahm ich mir also vor.

Aber mit alledem hab ich nicht etwa meine Zeit verschwendet – bewahre! Hab die ganze Zeit Reklame für Numnumo gemacht; in aller Stille, versteht sich. In aller Stille, denn Numnumo ist nicht der einzige Mist in der Welt, und die Bahnbeamten hätten's sicher nicht geduldet, daß man den Anzeigen an ihren Wänden Konkurrenz macht – nicht, wenn sie mich dabei erwischt hätten. Ich dachte immer, ich bin der Bahn was dafür schuldig, weil ich auf ihrem Grund und Boden mein Geschäft betrieb, deshalb hab ich hin und wieder 'ne kleine Abgabe gezahlt und ein paar Schilling in die Sammelbüchse auf dem Rücken von dem alten Zottelhund gesteckt. »Was für 'ne Rasse ist das?« fragte ich den Gepäckträger, der ihn an der Leine hielt – und er hielt ihn reichlich kurz, denn der Hund war anscheinend nicht so tüchtig bei der Sache.

»Alter Schäferhund«, sagte der Träger, soweit ich ihn verstehen konnte, denn er sprach mit heiserer Stimme, und eine Lokomotive brauste gerade vorbei, und dann zog er auch noch weiter, ehe ich mich näher erkundigen konnte. Hab noch nie solchen Hund gesehen.

Allmählich kam ich zu der Überzeugung, daß sie ein oder zwei von ihren allerbesten Detektiven eingesetzt hatten, und das sagte ich auch zu Mr. Linley, denn an manchen Tagen sah ich einen Strom von drei- oder vierhundert Leuten durch die Sperre auf einen Bahnsteig gehen, und kein einziger von den üblichen Detektiven dabei. Einen Detektiv kann man sonst immer erkennen: meistens tragen sie eine Zeitung bei sich, und von Zeit zu Zeit tun sie so, als ob sie sie lesen, und dann husten sie komisch und halten sich ein weißes Taschentuch vors Gesicht und tun so, als ob sie sich die Nase putzen müßten, und anstatt sie sich zu putzen, trompeten sie geradezu, und sie sind alle ziemlich egal angezogen, und manchmal tragen sie auch hohe Lederstiefel, aber selbst dann kann man sie erkennen. Doch wenn ich keinen einzigen auf dem ganzen Bahnsteig seh, dann weiß ich, sie müssen eine besondere Sorte haben, eine Sorte, die ich nicht erkennen kann. Ich frag also Mr. Linley, was er dazu meint, und er sagt, er glaube nicht, daß überhaupt Detektive da sind. »Wie wollen sie dann Steeger erwischen?« frag ich. Aber Mr. Linley sagt nichts weiter, als daß er vermutlich heute nicht käme. Es interessiert mich immer, wenn die Leute baren Unsinn reden, weil sie dann einen bestimmten Grund dafür haben – falls sie nicht von Natur Unsinn reden, selbstverständlich –, doch das war bei Mr. Linley nie der Fall, nein, bewahre!

Zuerst kaufte ich mir immer eine Bahnsteigkarte, aber Mr. Linley sagte jemand, daß ich ihm mal sehr nützlich gewesen sei, damals bei der gräßlichen Geschichte in Unge, und da haben sie ein Abkommen mit der Bahn getroffen, und ich durfte umsonst auf den Bahnsteig.

Und so vergingen die Tage, und so vergingen die Wochen, und in aller Stille hab ich immer für Numnumo Reklame gemacht. Nur ein einziges Mal hat mich ein Gepäckträger angehalten, weil ich einen Reisenden belästigt haben sollte. Aber ich hab gesagt, er hätte so mager ausgesehn, als ob ihm sein Essen nicht gut bekäme, und ich hätte es nur aus Freundlichkeit gemacht, weil er von Numnumo zunehmen würde. Ihr wißt ja, was man so sagt. Und er jagte mich nicht fort. Und nicht bloß das: ich drück ihm sogar noch 'ne Flasche Numnumo in die Hand und sage zu ihm, er säh müde aus, und Numnumo würde ihn beleben. Und dann und wann geb ich immer mal wieder dem seltsamen grauen Zottelhund einen Schilling in die Büchse, als Beruhigung für mein Gewissen – von dem zwar nicht mehr viel bei mir vorhanden ist, nachdem ich all die Jahre Numnumo angepriesen hab, aber mehr als bei Steeger, das noch allemal. Und eines Tages kommt Steeger, grade, wie sie's behauptet hatten, weil eben jeder Mensch einmal im Jahr da durchkommt. Wir hatten noch keine zwei Monate gewartet. Er war so verschieden von Steeger wie nur möglich. Linley hatte recht gehabt: er hatte sein Gesicht verändert. Auch seine Größe, ungefähr um soviel, wie Linley gesagt hat, fast vier Zentimeter.

Er war ein völlig anderer Mann. Seine eigene Mutter würde ihn nicht erkannt haben. Aber sein Hund, der hat ihn erkannt. Ich stand gerade ganz dicht neben ihm. Er wimmert ein bißchen, und dann zerrt er an der Leine. Und er zerrt den Träger direkt bis zu Steeger hin, und der Träger war Inspektor Ulton. Steeger wär seinem Hund schön aus dem Weg gegangen, wenn er ihn gesehen hätte, aber er glaubte ja, einen Polizeihund zu sehen. Steeger war verkleidet, doch er war nicht der einzige: sein Polizeihund war noch besser als er verkleidet. Sie hatten ihn geschoren und ihm den komischen grauen Zottelpelz aufgeklebt. Natürlich hatten sie dem armen Vieh den Schwanz abhacken müssen, und das ist so ungefähr die einzige Roheit, die das englische Gesetz erlaubt. Immerhin ist's nicht so schlimm, als wenn man's einem jungen Hündchen antut, denn dieser hier hatte doch wenigstens seinen Schwanz schon die längste Zeit seines Lebens genießen können, während ein Spaniel oder ein Foxterrier es überhaupt niemals tun darf. Aber: schlimm hin, schlimm her, mit Steeger stand's schlimmer. Hab noch nie gesehn, daß ein Mensch so überrascht war, als die beiden Detektive aus der Menge kamen und ihn verhaftet haben. Inspektor Ulton hatte ihnen wohl ein Zeichen gegeben. Und diesmal haben sie ihn also gehängt. Denn, wie ich schon zu Anfang zu Inspektor Ulton sagte: es wurde allmählich höchste Zeit. Und nun war's Schluß mit Steeger – und mit meinen kleinen Geschichten auch.

Irische Literatur im Diogenes Verlag

ERSKINE CHILDERS
Das Rätsel der Sandbank
Roman. Deutsch von Hubert Deymann.
Mit 4 Karten der deutschen Nordseeküste. detebe 92

LORD DUNSANY
Smetters erzählt Mordgeschichten
Fünf Kriminalgrotesken. Deutsch von Elisabeth Schnack.
Mit Zeichnungen von Paul Flora. detebe 190/1

Jorkens borgt sich einen Whisky
Zehn Clubgeschichten. Deutsch von Elisabeth Schnack.
Mit Zeichnungen von Paul Flora. detebe 190/2

SHERIDAN LE FANU
Carmilla, der weibliche Vampir
Eine Vampirgeschichte. Deutsch von Helmut Degner.
Mit Zeichnungen von Edward Ardizzone. detebe 189

BRIAN MOORE
Die große viktorianische Sammlung
Roman. Deutsch von Alexander Schmitz

Katholiken
Roman. Deutsch von Elisabeth Schnack. detebe 178

EDNA O'BRIEN
Das Mädchen mit den grünen Augen
Roman. Deutsch von Margaret Carroux

Das Liebesobjekt
und andere Erzählungen. Deutsch von Elisabeth Schnack

X, Y & Zee
oder Deine Freundin ist bezaubernd. Deutsch von Elisabeth Schnack

Plötzlich im schönsten Frieden.
Roman. Deutsch von Margaret Carroux

SEAN O'CASEY
Ich klopfe an
Autobiographie I. Deutsch von Georg Goyert (auch als detebe 150/1)

Bilder in der Vorhalle
Autobiographie II. Deutsch von Georg Goyert

Trommeln unter den Fenstern
Autobiographie III. Deutsch von Werner Beyer

Irland, leb wohl!
Autobiographie IV. Deutsch von Werner Beyer

Rose und Krone
Autobiographie V. Deutsch von Werner Beyer

Dämmerung und Abendstern
Autobiographie VI. Deutsch von Werner Beyer

Purpurstaub
Eine abwegige Komödie.
Deutsch von Helmut Baierl und Georg Simmgen. detebe 2/1

Dubliner Trilogie: Der Schatten eines Rebellen / Juno und der Pfau / Der Pflug und die Sterne
Deutsch von Maik Hamburger, Adolf Dresen, Volker Canaris und Dieter Hildebrandt. detebe 2/2

Eine Auswahl
aus den Stücken, der Autobiographie und den Essays.
Mit einem Vorwort von Heinrich Böll und einem Nachwort von Klaus Völker.
Herausgegeben mit Anmerkungen, einer Chronik und Daten zur irischen Geschichte von Urs Widmer. Ein Diogenes Sonderband

FRANK O'CONNOR
Und freitags Fisch
Gesammelte Erzählungen I. Deutsch von Elisabeth Schnack. detebe 85/1

Mein Ödipus-Komplex
Gesammelte Erzählungen II. Deutsch von Elisabeth Schnack. detebe 85/2

Don Juans Versuchungen
Gesammelte Erzählungen III. Deutsch von Elisabeth Schnack. detebe 85/3

Eine unmögliche Ehe
Gesammelte Erzählungen IV. Deutsch von Elisabeth Schnack. detebe 85/4

Eine selbständige Frau
Gesammelte Erzählungen V. Deutsch von Elisabeth Schnack. detebe 85/5

Brautnacht
Gesammelte Erzählungen VI. Deutsch von Elisabeth Schnack. detebe 85/6

Einziges Kind
Autobiographie I. Deutsch von Elisabeth Schnack

Meines Vaters Sohn
Autobiographie II. Deutsch von Elisabeth Schnack

Die Reise nach Dublin
Roman. Deutsch von Elisabeth Schnack

Sean O'Faolain

Sünder und Sänger

Erzählungen. Auswahl und Übersetzung von Elisabeth Schnack. detebe 102/1

Liam O'Flaherty

Ich ging nach Rußland

Ein politischer Reisebericht. Deutsch von Heinrich Hauser. detebe 16

Armut und Reichtum

Erzählungen. Auswahl und Übersetzung von Elisabeth Schnack. detebe 103/1

Hungersnot

Roman. Deutsch von Herbert Roch. Ein Diogenes Sonderband

Elisabeth Schnack (Hrsg.)

Liebesgeschichten aus Irland

Von George Bernard Shaw bis Julia O'Faolain. Ein Diogenes Sonderband

Bram Stoker

Draculas Gast

Gruselgeschichten. Deutsch von Erich Fivian und H. Haas. detebe 73

Oscar Wilde

Der Sozialismus und die Seele des Menschen

Essay. Deutsch von Gustav Landauer und Hedwig Lachmann. detebe 3

Das Diogenes Lesebuch irischer Erzähler

Geschichten von Oscar Wilde bis James Joyce.
Zeittafel, biographische Notizen, Literaturhinweise und Bibliographie.
Herausgegeben von Gerd Haffmanns. detebe 119

Diogenes Taschenbücher

Numerisches Verzeichnis

98/2 Millar, *Die Feindin*
98/3 Millar, *Fragt morgen nach mir* *
99/1 Macdonald, *Dornröschen war ein schönes Kind* *
99/2 Macdonald, *Unter Wasser stirbt man nicht*
99/3 Macdonald, *Ein Grinsen aus Elfenbein*
99/4 Macdonald, *Die Küste der Barbaren*
99/5 Macdonald, *Der Fall Galton*
99/6 Macdonald, *Gänsehaut*
99/7 Macdonald, *Der blaue Hammer* *
o 100 *Das Tintenfaß, Nr. 25* *
· 101 Gorey/Phypps, *Das jüngst entjungferte Mädchen*
o 102/1 O'Faolain, *Sünder und Sänger*
o 103/1 O'Flaherty, *Armut und Reichtum*
104 Becker, *Russisch Roulette* *
o 105 Poe, *Der Untergang des Hauses Usher*
106 Bierce, *Die Spottdrossel*
107 O. Henry, *Glück, Geld und Gauner*
108/1 Haggard, *Sie*
109 Hornung, *Raffles – Der Dieb in der Nacht*
110/1 Heller, *Herrn Collins Abenteuer*
111 Hearson, *Euer Gnaden haben geschossen?*
o 112 Wollschläger, *Karl May*
o 113 Wollschläger, *Die Gegenwart einer Illusion* *
o 114 Plomer, *Turbott Wolfe*
o 115 Lessing, *Hunger* *
116 Richartz, *Das Leben als Umweg* *
o 117 *Das Diogenes Lesebuch amerikanischer Erzähler* *
o 118 *Das Diogenes Lesebuch englischer Erzähler* *
o 119 *Das Diogenes Lesebuch irischer Erzähler* *
120/1 *Dolly Dolittle's Crime Club* I
120/2 *Dolly Dolittle's Crime Club* II
120/3 *Dolly Dolittle's Crime Club* III
120/4 *Dolly Dolittle's Crime Club* IV
121 Lodemann, *Anita Drögemöller*
o 122 *Das Tintenfaß, Nr. 26* *
123 Ungerer, *Der erfolgreiche Geschäftsmann*
124 Moss/Gorey, *Augenblicke aus dem Leben großer Geister* *
o 125/1 Maugham, *Honolulu*
o 125/2 Maugham, *Das glückliche Paar*
o 125/3 Maugham, *Vor der Party*
o 125/4 Maugham, *Die Macht der Umstände*
o 125/5 Maugham, *Lord Mountdrago*
o 125/6 Maugham, *Fußspuren im Dschungel*
o 125/7 Maugham, *Ashenden oder Der britische Geheimagent*
o 125/8 Maugham, *Entlegene Welten*
o 125/9 Maugham, *Winter-Kreuzfahrt*
o 125/10 Maugham, *Fata Morgana*
126 Topor, *Der Mieter* *
127 Bradbury, *Der illustrierte Mann*
128 Kersh, *Mann ohne Gesicht* *
129 Dumas, *Horror in Fontenay* *
130/1 Balzac, *Das Haus zur ballspielenden Katze*
130/2 Balzac, *Zwei Frauen*
130/3 Balzac, *Modeste Mignon*
130/4 Balzac, *Albert Savarus*
130/5 Balzac, *Die falsche Geliebte*
130/6 Balzac, *Die Grenadière*
130/7 Balzac, *Honorine*
130/8 Balzac, *Béatrix*
130/9 Balzac, *Die Frauen von dreißig Jahren*
o 130/10 Balzac, *Vater Goriot*
130/11 Balzac, *Oberst Chabert*
130/12 Balzac, *Der Ehekontrakt*
130/13 Balzac, *Ursula Mirouet*
o 130/14 Balzac, *Eugénie Grandet*
130/15 Balzac, *Pierette*
130/16 Balzac, *Junggesellenwirtschaft*
130/17 Balzac, *Nebenbuhler*
o 130/18 Balzac, *Verlorene Illusionen*
130/19 Balzac, *Geschichte der Dreizehn*
130/20 Balzac, *Cäsar Birotteaus Größe und Niedergang*
130/21 Balzac, *Das Bankhaus Nucingen*
130/22–23 Balzac, *Glanz und Elend der Kurtisanen*
130/24 Balzac, *Die Geheimnisse der Fürstin von Cadignan*
o 130/25 Balzac, *Tante Lisbeth*
o 130/26 Balzac, *Vetter Pons*
130/27 Balzac, *Volksvertreter*
130/28 Balzac, *Die Kleinbürger*
130/29 Balzac, *Eine dunkle Geschichte*
130/30 Balzac, *Die Königstreuen*
130/31 Balzac, *Die Bauern*
130/32 Balzac, *Der Landarzt*
130/33 Balzac, *Der Landpfarrer*
130/34 Balzac, *Die Lilie im Tal*
o 130/35 Balzac, *Die tödlichen Wünsche*
130/36 Balzac, *Das Buch der Mystik*
o 130/37 Balzac, *Das ungekannte Meisterwerk*
130/38 Balzac, *Der Alchimist*
130/39 Balzac, *Der verstoßene Sohn*
130/40 Balzac, *Katharina von Medici*
131 Bellairs, *Das Haus, das tickte* *
132 Cullingford, *Post mortem* *
133 Armstrong, *Mein Leben in New Orleans*
o 134 Hesse, *Die Fremdenstadt im Süden*
135/1 Simenon, *Brief an meinen Richter*
135/2 Simenon, *Der Schnee war schmutzig*
135/3 Simenon, *Die grünen Fensterläden*
135/4 Simenon, *Im Falle eines Unfalls*
135/5 Simenon, *Sonntag*

135/6 Simenon, *Bellas Tod*
135/7 Simenon, *Der Mann mit dem kleinen Hund*
135/8 Simenon, *Drei Zimmer in Manhattan*
135/9 Simenon, *Die Großmutter*
135/10 Simenon, *Der kleine Mann von Archangelsk*
135/11 Simenon, *Der große Bob*
135/12 Simenon, *Die Wahrheit über Bébé Donge*
135/13 Simenon, *Tropenkoller*
135/14 Simenon, *Ankunft Allerheiligen*
135/15 Simenon, *Der Präsident*
○ 136 *Das deutsche Tintenfaß, Nr. 27* *
○ 137 Shakespeare/Kraus, *Sonette*
○ 138 Gogol, *Die Nase*
○ 139 Heine, *Gedichte*
○ 140/1–4 Schopenhauer, *Die Welt als Wille und Vorstellung* I/II
○ 140/5–6 Schopenhauer, *Kleinere Schriften*
○ 140/7–10 Schopenhauer, *Parerga und Paralipomena* I/II
○ 141 Gogol, *Die toten Seelen*
○ 142 Melville, *Moby-Dick*
○ 143 Flaubert, *Briefe*
○ 144 Baudelaire, *Die Tänzerin Fanfarlo*
145/1–6 Hottinger, *Geschichten für den Connaisseur*
○ 146 Jiménez, *Herz, stirb oder singe*
○ 147 D. H. Lawrence, *John Thomas & Lady Jane*
148 Tschukowskaja, *Untertauchen*
○ 150/1 O'Casey, *Ich klopfe an*
151 Andersch, *Einige Zeichnungen*
○ 152 *Über Balzac* *
○ 153 *Über Schopenhauer* *
○ 154 *Über Simenon* *
155/1 Simenon, *Maigrets erste Untersuchung*
155/2 Simenon, *Maigret und Pietr der Lette*
155/3 Simenon, *Maigret und die alte Dame*
155/4 Simenon, *Maigret und der Mann auf der Bank*
155/5 Simenon, *Maigret und der Minister*
155/6 Simenon, *Mein Freund Maigret*
155/7 Simenon, *Maigrets Memoiren*
155/8 Simenon, *Maigret und die junge Tote*
155/9 Simenon, *Maigret amüsiert sich*
155/10 Simenon, *Hier irrt Maigret*
155/11 Simenon, *Maigret und der gelbe Hund*
155/12 Simenon, *Maigret vor dem Schwurgericht*
○ 156 Anderson, *Ich möchte wissen warum*
○ 157 *Das Erich Kästner Lesebuch* *
○ 158 Eichendorff, *Aus dem Leben eines Taugenichts*
○ 159 *Über Chaplin* *
○ 160/1 Keller, *Der grüne Heinrich* I/II
○ 160/2 Keller, *Der grüne Heinrich* III/IV
○ 160/3 Keller, *Die Leute von Seldwyla* I
○ 160/4 Keller, *Die Leute von Seldwyla* II / *Zwei Kalendergeschichten*
○ 160/5 Keller, *Züricher Novellen / Aufsätze*
○ 160/6 Keller, *Das Sinngedicht / Sieben Legenden*
160/7 Keller, *Martin Salander / Ein Bettagsmandat u. a.*
○ 160/8 Keller, *Gedichte / Der Apotheker von Chamounix*
161 Brambach, *Für sechs Tassen Kaffee*
○ 163 Ford, *Die allertraurigste Geschichte*
○ 164 *Über Sendak* *
165 Sempé, *Umso schlimmer*
166 Loriot, *Kommentare* *
○ 167 *Über Gottfried Keller*
○ 168 Th. Mann, *Der Bajazzo*
○ 170/1 Gotthelf, *Uli der Knecht*
○ 170/2 Gotthelf, *Uli der Pächter*
○ 170/3 Gotthelf, *Anne Bäbi Jowäger* I
○ 170/4 Gotthelf, *Anne Bäbi Jowäger* II
○ 170/5 Gotthelf, *Geld und Geist*
○ 170/6 Gotthelf, *Der Geltstag*
○ 170/7 Gotthelf, *Käthi die Großmutter*
○ 170/8 Gotthelf, *Die Käserei in der Vehfreude*
○ 170/9 Gotthelf, *Die Wassernot im Emmental / Wie Joggeli eine Frau sucht*
○ 170/10 Gotthelf, *Die schwarze Spinne / Elsi, die seltsame Magd / Kurt von Koppigen*
○ 170/11 Gotthelf, *Michels Brautschau / Niggi Ju / Das Erdbeerimareili*
○ 170/12 Gotthelf, *Der Besenbinder von Rychiswyl / Barthli der Korber / Die Frau Pfarrerin*
○ 171 Dürrenmatt, *Der Richter und sein Henker / Der Verdacht*
172 Eisenreich, *Die Freunde meiner Frau*
○ 173 Gontscharow, *Ein Monat Mai in Petersburg*
174 Samjatin, *Attila, die Geißel Gottes*
175 Richartz, *Büroroman*
176 Lodemann, *Familien-Ferien im Wilden Westen*
177 Kinder, *Du mußt nur die Laufrichtung ändern*
178 Moore, *Katholiken*
179 Schmitz, *Buch der Katastrophen*
180/1 Jägersberg, *Land*
180/2 Jägersberg, *He he, ihr Mädchen und Frauen*
180/3 Jägersberg, *Seniorenschweiz GmbH & Co. KG.*
180/4 Jägersberg, *Der industrialisierte Romantiker*
181 Gasbarra, *Die Schule der Planeten*
○ 182/1 Vogt, *Husten*

182/2 Vogt, *Wüthrich*
182/3 Vogt, *Melancholie*
183/1 Morweiser, *Lalu lalula, arme kleine Ophelia*
183/2 Morweiser, *La vie en rose*
184 Clair, *Die Prinzessin von China*
185 Hottinger, *Wahre Morde*
o 186 *Das zynische Wörterbuch*
o 187 *Über Eric Ambler* *
188 Collins, *Ein schauerliches fremdes Bett*
189 LeFanu, *Carmilla, der weibliche Vampir*
190/1 Dunsany, *Smetters erzählt Mordgeschichten*
190/2 Dunsany, *Jorkens borgt sich einen Whisky*
191 Harvey, *Die Bestie mit den fünf Fingern*
192 Brown, *Flitterwochen in der Hölle*
193 Symons, *Auf den Zahn gefühlt*
o 194/1 Paustowski, *Das Sternbild der Jagdhunde* *
o 194/2 Paustowski, *Die Windrose* *
o 195/1 Bräker, *Lebensgeschichte und Natürliche Ebentheuer des Armen Mannes im Tockenburg*
o 195/2 Bräker, *Tagebücher / Über Shakespeares Schauspiele u. a.*
196 Woinowitsch, *Die denkwürdigen Abenteuer des Soldaten Iwan Tschonkin*
197/1 Zimnik, *Geschichten vom Lektro*
197/2 Zimnik, *Neue Geschichten vom Lektro*
197/3 Zimnik, *Sebastian Gsangl*
198 *Liebesgeschichten aus Irland*
199/1 Stevenson, *Die Schatzinsel*
199/2 Stevenson, *Der Junker von Ballantrae*
199/3 Stevenson, *Die Entführung*
199/4 Stevenson, *Catriona*
199/5 Stevenson, *Die Herren von Hermiston*
o 199/6 Stevenson, *Dr. Jekyll und Mr. Hyde / Der Pavillon in den Dünen*
199/7 Stevenson, *Der Selbstmörderklub / Der Diamant des Rajahs*
199/8 Stevenson, *Die tollen Männer*
o 199/9 Stevenson, *Der Flaschenteufel*
199/10 Stevenson, *Der Leichenräuber*
199/11 Stevenson, *In der Südsee* I
199/12 Stevenson, *In der Südsee* II
o 200/1 Shakespeare, *Romeo und Julia / Hamlet / Othello*
o 200/2 Shakespeare, *König Lear / Macbeth / Timon von Athen*
o 200/3 Shakespeare, *Julius Cäsar / Antonius und Cleopatra / Coriolanus*
o 200/4 Shakespeare, *Verlorene Liebesmüh / Die Komödie der Irrungen / Die beiden Veroneser / Der Widerspenstigen Zähmung*
o 200/5 Shakespeare, *Ein Sommernachtstraum / Der Kaufmann von Venedig / Viel Lärm um nichts / Wie es euch gefällt / Die lustigen Weiber von Windsor*
o 200/6 Shakespeare, *Ende gut, alles gut Was ihr wollt / Troilus und Cressida / Maß für Maß*
o 200/7 Shakespeare, *Cymbeline / Das Wintermärchen / Der Sturm*
o 200/8 Shakespeare, *Heinrich der Sechste Richard der Dritte*
o 200/9 Shakespeare, *Richard der Zweite / König Johann / Heinrich der Vierte*
o 200/10 Shakespeare, *Heinrich der Fünfte / Heinrich der Achte / Titus Andronicus*
o 201 Franz von Assisi, *Die Werke*
o 202 Meister Eckehart, *Deutsche Predigten und Traktate*
o 203 Teresa von Avila, *Die innere Burg*
204 Angelus Silesius, *Der cherubinische Wandersmann*
o 205 *Das Alfred Andersch Lesebuch* *

detebe-Kassetten

o K 1 Hottinger, *Morde in 3 Bänden*
o K 2 Čechov, *Das erzählende Werk in 10 Bänden*
o K 3 Hammett, *Sämtliche Romane in 5 Bänden*
o K 4 Chandler, *Sämtliche Romane und mehr in 9 Bänden*
o K 5 Maugham, *Gesammelte Erzählungen in 10 Bänden*
o K 6 D. H. Lawrence, *Sämtliche Erzählungen und Kurzromane in 8 Bänden*
o K 7 Molière, *Komödien und Materialien in 8 Bänden*
o K 8 O'Connor, *Gesammelte Erzählungen in 6 Bänden*
K 9 Chaval, *Gesammelte Cartoons in 3 Bänden*
o K 10 Balzac, *Die Menschliche Komödie in 40 Bänden*
o K 11 McCullers, *Werke in 8 Bänden*
o K 12 Schopenhauer, *Zürcher Ausgabe in 10 Bänden*
o K 13 Busch, *Studienausgabe in 7 Bänden*
K 14 Hottinger, *Geschichten für den Connaisseur in 6 Bänden*

oK 15 Maugham, *Der Menschen Hörigkeit in 2 Bänden*
oK 16 Faulkner, *Gesammelte Erzählungen in 5 Bänden*
oK 17 Keller, *Werke in 8 Bänden*
oK 18 Gotthelf, *Ausgewählte Werke in 12 Bänden*
oK 19 Jägersberg, *Lehrstücke in 4 Bänden*
oK 20 Andersch, *Werk- und Studienausgabe in 15 Bänden*
oK 21 Bräker, *Leben und Schriften des Armen Mannes im Tockenburg in 2 Bänden*
oK 22 Shakespeare, *Dramatische Werke in 10 Bänden*
oK 24 Stevenson, *Werke in 12 Bänden*

*Titel mit * sind Erstausgaben oder deutsche Erstausgaben.*
Titel mit o sind auch als Studienausgaben empfohlen.

Diogenes Kinder Taschenbücher

1 Hoffmann, *Der Struwwelpeter*
2 Busch, *Max und Moritz*
3 Carroll, *Die kleine Alice* *
4 Leaf, *Ferdinand der Stier*
5 Brunhoff, *Die Geschichte von Babar*
6 Sendak, *Hühnersuppe mit Reis*
7 Ungerer, *Die drei Räuber*
8 Gorey/Levin, *Er war da und saß im Garten*
9 Zimnik/Axmann, *Die Geschichte vom Käuzchen*
10 Murschetz, *Der Maulwurf Grabowski*
11 Gorey/Fenton, *Zuckerträume*
12 Rabier, *Gideon im Wald*
13 Potter, *Die Geschichte von Peter Hase*
14 Timmermans, *Henne Blanche, Soldat des Kaisers*
15 Sendak, *Herr Hase und das schöne Geschenk*
16 Ungerer, *Der Hut*
17 Collodi, *Pinocchios Abenteuer*
18 Ungerer, *Kein Kuß für Mutter*
20 Ungerer, *Mr. Mellops baut ein Flugzeug*
21 Ungerer, *Familie Mellops findet Öl*
22 Ungerer, *Die Mellops auf Schatzsuche*
23 Ungerer, *Die Mellops als Höhlenforscher*
24 Ungerer, *Familie Mellops feiert Weihnachten*
25 Zimnik, *Der Bär auf dem Motorrad*

mini-detebes

1 *Lektüre für Intelligente* *
2 *Cartoons für Intelligente* *
3 *Das mini-anti-Lesebuch* *
4 *Das kleine Liederbuch* *
5 *Das mini-Krimi-Kompendium* *
6 Sendak, *Zehn kleine Kerlchen* *
7 Sempé, *Sie & Er* *
8 *Deutsche Liebesgedichte* *
9 Padrutt, *Die Autopest* *
10 Strich, *Dichteranekdoten*
11 *Das große Diogenes Lebenshilfebuch* *
1–25 *Die Diogenes mini-Bibliothek der Weltliteratur* *

kinder-mini-detebes

1 Ungerer, *Die drei Räuber*